COLLECTION FOLIO

François Weyergans

La vie d'un bébé

roman

Gallimard

François Weyergans, né en 1941, après avoir commencé des études de philologie romane, a réalisé des courts métrages dont un sur Jérôme Bosch. Pour la télévision, il a adapté un roman de Ramuz et tourné un film sur Baudelaire pour le centième anniversaire de la mort du poète, en 1967. Il a tourné quelques longs métrages (*Je t'aime tu danses*, 1973, avec Maurice Béjart et Rita Poelvoorde; *Maladie mortelle*, 1975, avec Anny Duperey et Laurent Terzieff; *Couleur chair*, 1978, avec Dennis Hopper, Bianca Jagger, Veruschka, Jorge Donn, Laurent Terzieff, Roger Blin, Anne Wiazemsky).

En 1970, il a mis en scène l'opéra de Richard Wagner *Tristan und Isolde*.

Son premier roman est publié en 1973 : *Le pitre*. Ses autres romans sont : *Berlin mercredi* (1979), *Les figurants* (1980, roman dont une version revue et corrigée est publiée sous le titre *Françaises, Français* en 1988 dans la collection Folio), *Macaire le Copte* (1981), *La Radeau de la Méduse* (1983), *La vie d'un bébé* (1986).

Weyergans est aussi journaliste et critique littéraire.

A sa sortie, en février 1986, *La vie d'un bébé* fut salué à la fois par la presse littéraire et par des médecins et des gynécologues.

En 1987, lors d'un séjour au Japon, François Weyergans commença d'écrire son prochain roman qui se passe dans ce pays et qu'il a intitulé *Je suis écrivain*.

On s'ignore dans le ventre de sa mère; c'est là pourtant que les idées devraient être les plus pures, car on est moins distrait. On s'ignore en naissant, en croissant, en vivant, en mourant.

Voltaire

Est-il bien indiqué que je commence à écrire une préface? Juste avant de naître? Alors que je n'ai plus un moment à moi? Je viens à peine de terminer mon dernier chapitre. Ce sera moins une préface qu'une volte-face. Est-ce que ça vous épate qu'un petit fœtus comme moi connaisse le mot « volte-face »? Question intéressante : que savent et que ne savent pas les fœtus?

Avant de laisser le public en tête à tête avec ma prose, je voudrais prendre quelques précautions. Petit fœtus de rien du tout, je m'adresse à des êtres humains du genre adulte et je me méfie. Les adultes sont plus paresseux que les fœtus. Un adulte aura beau se donner de la peine, fera-t-il dans toute sa vie autant de choses que nous en faisons, nous fœtus, en neuf mois?

Ne vous demandez pas ce qui vous tombe du ciel quand vous verrez que je commence par raconter le big bang. Les fœtus sont les enfants du big bang, voilà la vérité. Ce n'est qu'accessoirement qu'un fœtus est l'enfant de ses parents. Vous constaterez que je vous propose sur ce thème un premier chapitre assez réussi, je le dis très modestement. Alors, pas de paresse à la lecture, n'est-ce pas? Mon récit est comme la vie : formidable dès le début. Si des détails vous gênent, ne m'accusez pas. Il a fallu que je me mette en cheville avec un écrivain qui m'a aidé, mais pas toujours comme je voulais. Quand je ne suis pas d'accord avec lui, je le dis. Vous verrez.

Par contre, le titre est de moi. Qu'on ne vienne pas me harceler en me demandant pourquoi j'appelle cette vie d'un fœtus « La vie d'un bébé ». C'est une idée que j'ai eue en écoutant ma mère. En effet, elle n'a jamais parlé à personne de son fœtus mais de son bébé, même quand je n'étais qu'un embryon.

Fin de ma préface! J'ai oublié presque tout ce qu'il y a dans ce livre. Pour naître, les fœtus sont obligés d'oublier ce qu'ils savent. Heureusement que j'avais pris des notes assez régulièrement. Les voici.

Attention, ça commence.

1

Tout d'un coup, il y eut une lumière folle. Elle rayonna dans l'espace. Aucun cerveau n'aurait pu établir que l'espace est un milieu illimité. Il n'y avait pas de cerveaux.

La lumière était là, inconcevable, sans but et sans motif. Elle prit possession de l'espace. Plus rien d'autre qu'elle n'exista, ce qui est gênant à dire à cause des aveugles auxquels on signalera qu'ils n'étaient pas prévus au programme. Il n'y avait pas de programme. L'existence de globes oculaires ne fut à cette époque attestée nulle part, si on peut qualifier d'époque un état de choses inconciliable avec l'espoir et le souvenir.

La lumière n'était faite que de grains, de particules. Ces grains tenaient l'espace sous leur domination, ce qui ne leur parut pas suffisant. Ils s'agitèrent.

On était à la veille d'un événement qui

influencerait des centaines de millions de siècles, mais l'usage du mot « siècle » est ici une faute contre la chronologie.

Surexcités, les grains de lumière attendaient un coup de théâtre et ils aimaient le désordre qui les maintenait en alerte. Ils se télescopaient. Ils n'avaient aucune notion du temps. L'espace leur appartenait. Fous de vitesse, ils voyageaient à celle de la lumière. Ils étaient des milliards de milliards de milliards. Ils portaient tous le même nom, c'était moins fatigant. Ils s'appelaient « photons ». L'énergie subvenait à leurs besoins. C'était de l'énergie pure. Ils naissaient d'elle. Quand elle leur disait : « On part en promenade », ils étaient contents comme tout. Ce qui les amusait le plus, c'était de mourir.

Ils étaient le système nerveux de l'univers et ils aimaient être en perpétuel renouvellement. Parfois, ils s'attroupaient autour de quelques positrons et ils les plaignaient : les positrons étaient obligés d'obéir à un principe d'exclusion. Eux pas.

Incorrigibles, ils narguaient les positrons. Ils leur disaient : « Vous n'êtes pas les particules fondamentales de la matière! » Eux non plus ne l'étaient pas mais ils n'en avaient pas l'ambition. Ils étaient des photons : c'était suffisant. Ils n'avaient pas envie de réfléchir au principe de la conservation de l'énergie.

Les positrons n'étaient pas des particules commodes. Ils devenaient violents quand ils s'acoquinaient avec des gangs d'électrons, lesquels adoraient mettre de l'électricité dans l'air. Les photons prenaient peur. On se battait. On dépensait une énorme énergie. Au lieu de déplorer des disparitions, personne ne s'en souciait.

A l'écart de ces batailles rangées se regroupaient des corpuscules instables. Leur existence sera dévoilée par une traîtrise des rayons cosmiques. Leur durée de vie n'était jamais supérieure à quelques millionièmes de seconde, durée nulle à l'échelle humaine mais qui se serait fatigué à concevoir une échelle humaine ?

De temps en temps, un neutrino, un seul, daignait réagir et saluer ces corpuscules à la vie courte. Pour un neutrino qui s'arrêtait, des milliards d'autres ne cessaient de mener la vie la plus subtile qui soit, une vie dont ils gardaient le secret. Les neutrinos sont impalpables.

Quand les photons voulurent se faire des copains, leur choix tomba sur les neutrinos. Les neutrinos appartenaient, eux aussi, à la famille des particules élémentaires. Ils étaient doux et s'intéressaient aux interactions faibles. On parlait beaucoup des neutrons à cause de leurs projets de bombes, mais la célébrité des neutrons était une offense aux neutrinos que leur nom, déjà, suffisait à rendre sympathiques.

Les neutrinos étaient des rêveurs. Quand tout le monde allait à la foire, on se donnait rendez-vous aux autos tamponneuses et on s'inquiétait : où avaient disparu les neutrinos ? Ils s'étaient éclipsés en douce. Ils préféraient le train fantôme.

Périodiquement, les neutrinos organisaient un grand jamboree. Ils s'y prenaient longtemps à l'avance. C'était difficile à mettre sur pied. Ces fêtes, que les neutrinos appelaient des big bangs, avaient chaque fois été une réussite.

Le big bang qu'ils préparaient en ce moment serait mille fois mieux que les autres. On mettrait le paquet. Les neutrinos demandèrent aux photons de les aider. Il y aurait une chaleur insupportable qui les épuiserait tous mais les neutrinos avaient mis au point un système de refroidissement qui les épargneraient, du moins eux et les photons. Tant pis pour les positrons. Ils n'avaient qu'à se libérer des lois qui leur assuraient, croyaient-ils, la sécurité. Quant aux électrons, ils énervaient les neutrinos. Leur orgueil méritait une leçon.

Pour le nouveau big bang, il fut décidé que les photons s'occuperaient de l'éclairage. Ils se chargèrent aussi de négocier des contrats avec les ondes radio afin que l'événement soit retransmis en direct et en différé. Les neutrinos apporteraient les disques. Ils avaient profité des big bangs précédents pour mettre au point une musique des sphères. Les électrons, auxquels personne ne demandait leur avis, le donnèrent sous prétexte qu'ils étaient de masse plus lourde que les neutrinos : ils réclamèrent à cor et à cri une musique plus syncopée que les autres fois.

On ne s'inquiétait pas de savoir si le temps pressait. L'avenir n'était pas un moment futur du passé. Les neutrinos n'avaient qu'un désir : que la fête ait lieu, et se moquaient de savoir si elle ressemblerait ou non aux précédentes. Une tension grandissante les poussait à se rapprocher du moment où tout serait fini. Machinales et rythmées, les dernières contractions de l'univers avaient eu lieu. Quand les contractions devinrent de moins en moins intermittentes, les invités des neutrinos commencèrent à affluer.

L'univers se simplifiait à toute vitesse. Dans l'espace réservé au big bang, les anti-quarks de charme essayaient d'entrer sans carton d'invitation. On les filtrait comme on pouvait. Ils se déguisaient en narks et en larks. Des protons se faufilaient dans l'intention de noyauter la fête mais ils n'étaient pas assez nombreux. On accueillit les pions, les muons et les chions. Arrivèrent les partons. « Belle partouze de particules en perspective », se dirent les neutrinos.

L'activité contractile de l'univers aboutirait à un déclenchement spontané du big bang. Au conseil d'administration de la SEBB (Société d'Exploitation du Big Bang), une poignée de partisans de l'antimatière se firent les défenseurs d'un modèle d'univers dans lequel l'antimatière tenait la vedette. Les autres se récrièrent. On parla de sectarisme. Les adeptes de la matière durent admettre que, dans le modèle proposé, la prédominance de l'antimatière aboutirait, en effet, à une construction plus élégante que la leur, ne laissant craindre aucun dérapage, aucun débordement de créatures sentimentales comme ces christons à rayonnement bêta qui, entre deux big bangs, avaient failli compromettre le règne du hasard. On rappela que la SEBB avait mis au point, à cette occasion, un antiparasitage dont les partisans de l'antimatière ne pouvaient décemment pas contredire l'efficacité. On décida de maintenir le statu quo entre matière et antimatière, entre particules et antiparticules. Le président du conseil d'administration était un neutrino et il avait pris soin de gagner à sa cause, avant le vote, tous les antineutrinos présents. Pour les observateurs avertis, il s'agissait là d'une victoire secrète des photons qui sont eux-mêmes leurs propres antiparticules. Après le vote, chacun sut qu'il était reparti dans un nouvel univers : il ne restait plus qu'à attendre le retour des nébuleuses planétaires, des étoiles variables brillantes et des collapsars, ces trous noirs qui séduisaient tant les photons.

L'intérêt du modèle soutenu par les adeptes de la matière, et en premier lieu par les neutrinos et les photons, était de permettre à n'importe quoi d'arriver, à n'importe qui d'apparaître. C'était un modèle d'insouciance. Celui de l'antimatière sentait trop son inspectorat.

Après la réunion de la SEBB, certains avouèrent qu'ils redoutaient une hypothétique contamination de la matière par l'antimatière. On ne saurait plus où laisser triompher le désordre, où cantonner l'ordre. Les plus angoissés envièrent les neutrinos qui dissipaient ce malaise en disant qu'il y avait du bonheur dans l'irresponsabilité et en faisant des jeux de mots, parce que, disaient-ils, rire est le propre du neutrino.

Les photons pensaient qu'il faut s'enthousiasmer pour les problèmes au lieu de s'angoisser à cause d'eux. Ils jugèrent plus intéressant de rêver aux trous noirs. Ils étaient convaincus que les trous noirs avaient la propriété de faire exister le temps, ou bien de le dissoudre, non pas mystérieusement, mais à la demande.

Le temps vécu dans un trou noir ne sera jamais mesuré par une horloge atomique ou des lasers à hydrogène. Après la pénétration dans un trou noir, le temps devient effervescent. Il est capable de disparaître, de se disperser, de changer de densité. Il libère de l'énergie qui produit immédiatement du désir pur. Ensuite, la vie éclate. Le fait d'éclater la rend minuscule et sa densité est si grande que sa masse devient égale à celle de l'univers tout entier. Ce phénomène à peine perceptible ne dépend pas du temps. Il lui est au contraire arraché. Il dépend du désir.

Ces rêveries à propos des trous noirs faisaient le bonheur des photons rassemblés autour de leurs disjoncteurs en attendant le big bang.

Il régnait un état de pression et de densité intolérable. Il devint impossible d'attendre une seconde de plus. Les neutrinos donnèrent le signal. L'univers explosa.

L'explosion eut lieu partout à la fois. La température devint si élevée qu'elle sembla infinie. Tout ce qui existait éclata en même temps. L'explosion fut immense, au point de passer inaperçue, n'ayant laissé subsister qu'elle. La chaleur qui l'accompagna aurait eu la force de mettre fin à toute vie mais il n'y avait pas de vie et pas de raison qu'il y en ait. Aucun bruit ne put être entendu. L'air ne transmettait pas les sons. Il n'y avait plus d'air. Le bruit remplit tout l'espace en pure perte, aucune créature ou esquisse de créature n'étant munie de nerfs auditifs pour assurer un équilibre qui aurait été inutile. Aucune velléité d'être en vie ne se manifesta.

Cette explosion différa du tout au tout des babioles que le cerveau humain est fait pour comprendre. Toute mémoire disparut. Jamais aucun chercheur ne saura ce qui s'est passé là.

Personne ne devinera rien, à l'exception d'une clique de Grecs, cinq cents ans avant notre ère vulgaire, qui riaient de tout et qu'on accusa de mépriser les dieux. Un de ces Grecs assura qu'à l'origine, il y a eu les atomes et le vide. Le monde, disait-il, est périssable :

Son pays le crut fou. Petits esprits! Mais quoi?
Aucun n'est prophète chez soi.

Cinq ou six penseurs chinois qui vécurent à l'époque des Royaumes combattants parvinrent, eux aussi, à reconstituer l'un ou l'autre épisode de la fête des neutrinos. Ils prirent leurs pinceaux pour écrire que le monde était né d'une grande mutation et que la porte du mystérieux féminin est la racine du ciel et de la terre. L'un d'entre eux signait « le Vieux ». Il avait séjourné quatre-vingts ans dans l'utérus de sa mère. Les progrès dus à l'hystérographie rendent cette assertion controversable. Les premiers lecteurs du Vieux, déroutés par son savoir, avaient cru qu'un tel savoir ne pouvait s'acquérir qu'avant la naissance : ils découvrirent du même coup que la vie du fœtus est autre chose qu'une suite de préparatifs à la vie post-natale.

Ce qui semble désormais établi, c'est que la mémoire se volatilisa pendant le big bang, même si, de nos jours, certains prétendent retrouver des miettes de cette mémoire dans le dédale des synapses de l'*homo sapiens sapiens.* C'est à partir de ces miettes, il est vrai, ou plutôt des traces laissées par elles, que certains rêveurs ont admis la réalité du coup d'éponge que fut le big bang sur un tableau noir surchargé. Afin de savoir où ils vont, les hommes feraient mieux de savoir d'où ils viennent en redoutant d'apprendre que c'est là qu'ils vont.

La mémoire brûla à une température inimaginable. L'homme, contraint d'utiliser des chiffres dont il renonce à écrire tous les zéros, mentionne une température de cent mille milliards de milliards de milliards de degrés. En quoi ce chiffre concerne-t-il le moment où la fête des neutrinos battait son plein?

Cette fête reste inaccessible au cerveau humain qui n'a pas été conçu dans le but de la comprendre, même s'il essaie coûte que coûte de s'y faire inviter rétrospectivement. « Quelle garden-party, soupirent les hommes, ça a dû être fumant! » Ils enfourchent leurs vélos et roulent vers le big bang. Faute de mieux, ils découvrent les joies du rétropédalage.

Les organisateurs du big bang ont pourtant laissé dans le cerveau humain un souvenir de leur fête carillonnée. La crise d'épilepsie est cette héritière du plus beau feu d'artifice de tous les temps, crise qui est un rappel des débuts de l'univers : décharge paroxystique, hypersynchrone, excessive, massive, auto-entretenue. Les anciens en pressentaient l'origine. Si une crise d'épilepsie se déclarait, au lieu d'évacuer le malade, on interrompait la fête en cours : un dieu, croyait-on, se manifestait. Le XXe siècle, lui, publiera un livre intitulé *The Management of Epilepsy*.

De même que l'univers fit explosion partout en un seul instant, de même la crise Grand-Mal, la crise d'emblée généralisée commotionne tout de suite la totalité du cerveau. Ensuite, l'amnésie de la crise est entière. Les médecins parlent d'un orage dans le cerveau, d'éclairs.

Quelques minutes après l'éclatement de l'univers, les photons et les neutrinos avaient réduit à rien leurs invités : il ne resta qu'eux, les plus fugitifs, les plus rapides. Ils ne se méfièrent pas d'une quantité négligeable de matière, d'inoffensifs protons et neutrons qui avaient décidé d'attendre qu'il fasse moins chaud pour s'activer. Ceux-là savaient que leur tour viendrait, qu'ils auraient de l'importance, qu'ils seraient à l'origine de l'air, de l'eau, du feu et de la terre. Les photons continuèrent d'entrer en collision entre eux, se rencontrant par paires de même énergie. Tout le monde joua à s'annihiler. L'antimatière, surveillée par la SEBB, dut mettre un frein à sa violence expansionniste, sans quoi les antiparticules et les particules livrées à elles-mêmes, s'entre-heurtant toutes, se seraient entre-détruites.

L'antimatière entraînant la matière dans le néant, il aurait fallu renoncer au prochain big bang que la SEBB avait déjà commencé à préparer. On parvint à un accord. Un léger excédent de matière subsisterait, presque rien, l'équivalent de quelque chose comme un kyste d'infusoire égaré dans l'Océan cosmique. On supposa que cet excédent de matière créerait du gaz et que ce gaz se condenserait. Il ne resterait alors qu'à espérer l'apparition de galaxies qui auraient le bon goût de se saborder à la longue : nouveau big bang! La perspective de quelques dizaines de milliards d'années à traverser échauffait les photons et leurs copains les neutrinos. Leur durée de vie était infinie et ils circulaient à la vitesse d'un milliard quatre-vingts millions de kilomètres à l'heure. On allait bien s'amuser dans l'espace interstellaire et on ne s'occuperait pas de la matière : on la traverserait.

Que les protons et les neutrons mènent leur vie! Les neutrinos avaient pris la décision de les ignorer, eux et leur progéniture isotopique : ni l'hélium ni l'hydrogène ne viendraient leur mettre des bâtons dans les roues. On les laissera jouer aux billes ou à la roulette. On leur donnera de la pâte à modeler, en veulent-ils, en voilà, jusqu'aux prochaines contractions de l'univers. On les tolérera, pour voir, pour rire.

Entre-temps, l'explosion prospérait.

Des forces emboîtées les unes dans les autres contraignirent l'univers à se dilater, à s'agrandir et à refroidir. Ces forces, électromagnétiques ou nucléaires, furent à l'origine d'enfournements et d'engendrements sans nombre.

Coupé du reste des mondes invisibles qui désormais l'ignoreront comme les galaxies qui s'éloignent d'elle ignorent aujourd'hui la Terre, l'univers fut voué dès sa naissance aux contrecoups d'une explosion qui n'en finit pas de le déboussoler et de le déchiqueter, même s'il n'a ni centre ni bornes, ni haut ni bas, ni queue ni tête, à peine une devise inscrite nulle part : « Advienne que pourra. »

Cette explosion féconda l'univers. Il naquit d'elle. Les naissances qui surviendront par la suite ne feront que singer celle-là. Tout se passera comme si, dans le tohu-bohu de la fête des neutrinos, au plus fort de la déflagration, une phrase avait été prononcée d'une manière distincte : « Faites ceci en mémoire de moi. »

Un beau jour, l'homme accepta de devenir l'attaché de presse des fêtes du big bang : il fut rétribué en prix Nobel, ce qui n'empêcha pas les neutrinos de diagnostiquer chez lui un état confusionnel. Que constatèrent les neutrinos ? Que l'homme ne cesse de faire preuve de désorientation temporo-spatiale et qu'il commet plein d'erreurs sur les dates, les lieux et la durée de son hospitalisation. Les troubles de la vigilance sont constants. L'homme prend des visions féeriques pour la réalité. Lucide par moments, il se demande ce qu'il fait là, voudrait comprendre et finit par s'angoisser. On l'a vu s'enorgueillir de cette angoisse, pourtant caractéristique de l'état stuporeux.

Après l'échec de chimiothérapies à base de divin, un autre tranquillisant vient d'être mis au point par une équipe de cosmologues et de physiciens. Si on veut que la Terre ne disparaisse pas et que des enfants continuent de naître, si on veut que les télescopes continuent d'être astiqués, si on veut que des poèmes continuent d'être sus par cœur, il faut inventer des mensonges qui tiennent debout, des histoires qui fascinent. Les cosmologues font écouter aux hommes l'écho du vacarme de l'explosion sans laquelle ils ne seraient pas là. Oui, cette explosion a fait tellement de bruit, il y a quelques milliards d'années, qu'il est encore possible d'en entendre l'écho! Dépêchez-vous! Irrévocablement, dernières représentations!

Quand cet écho ne sera plus audible, on amusera les hommes en leur proposant des devinettes. On leur demandera : est-ce que vous croyez que les océans vont bouillir ou bien geler? On leur prescrira de dessiner les mers polaires en ébullition et la Mer Rouge encombrée d'icebergs.

Ces devinettes intéresseront-elles les hommes? Ils préfèrent regretter leurs bonnes religions d'antan, camouflées en sciences diverses, humaines ou non. On sent qu'ils veulent que tout redevienne comme avant. Ils préfèrent traverser la rue en donnant la main à la bêtise. Ils aimeraient être des chanteurs d'opérette, retrouver le devant de la scène et entonner en chœur :

Nous ne pouvons faire autrement
Eh bien donc allons-y gaîment :
La chanson de l'orang-outang...

Il y en aura un qui se détachera des autres et qui chantera :

Vous n'avez pas vu l'orang
Vous n'avez pas vu l'orang
Outang?

La guérison est progressive. Il faut faire admettre à l'homme que la vie qu'il donne et qu'il perd à l'improviste est le reliquat d'une fête à laquelle il n'a pas été prié. Il préfère osciller entre son savoir et ses rêves plutôt qu'entre deux big bangs. Il a toujours pressenti qu'il ne comptait pour rien au regard des étoiles.

De dépit, l'homme essaie de transformer sa vie en une fête à laquelle il s'invite lui-même. Beaucoup d'êtres humains ont beau s'agiter à la surface de la Terre, il n'empêche que les noyaux des atomes de ces milliards d'êtres tiendraient dans une boîte d'allumettes.

2

Dans un coin perdu de l'Univers, plusieurs milliards d'années après les événements qui viennent d'être relatés, un homme et une femme se regardèrent. Ils étaient nus. Des messages nerveux parvinrent à leurs fibres musculaires. La contraction des muscles peauciers modifia leurs visages. Ils firent appel à l'excitabilité du risorius de Santorini, le muscle du sourire. Juste avant, ils s'étaient servis du grand et du petit zygomatique, les muscles de la joie. Une cinquantaine de leurs six cent trente-sept muscles striés leur permit des attouchements qui accrurent leur tension sexuelle. Ils s'apprêtèrent à dépenser du glucose et du calcium afin de soulager cette tension.

Des réactions chimiques leur donnèrent l'énergie mécanique dont ils avaient besoin pour se caresser. La femme utilisa les muscles moteurs du pouce et ceux du cinquième doigt pour éprouver le tonus des muscles ischio-caverneux de l'homme. Ils souffrirent tous les deux d'une dette en oxygène. Leurs muscles libérèrent de la chaleur. L'homme éleva les sourcils et la femme obtura ses orifices palpébraux. Ils étaient allongés sur les couches de coton d'une pièce de literie dont le nom vient de l'arabe *al matrah*, « objet jeté par terre ». Ils s'efforçaient d'oublier la profusion des expériences réelles, l'aspect turbulent de la nature, le manque d'équilibre de l'univers. Autour d'eux, profitant des conditions d'humidité réunies ce jour-là, des millions de germes microbiens propageaient les espèces qu'ils représentaient.

Les orifices narinaires de l'homme et la partie haute de ses fosses nasales accueillirent les effluves d'une substance aromatique dont la femme avait recouvert la couche cornée de l'épiderme de sa nuque.

Le besoin d'avoir l'un pour l'autre une importance érotique conditionna l'activité des cellules nerveuses du couple. A la recherche d'informations que lui donnerait son nerf glosso-pharyngien, la femme promena sa langue sur l'aire de manœuvre comprise entre le sillon mentonnier et l'arête nasale de l'homme. Elle appliqua ensuite les deux parties charnues du contour de sa bouche sur les cellules de l'épiderme protégeant les muscles masticateurs de son partenaire.

Ils échangèrent des enzymes et, à la température de 19° C, ils réalisèrent une expérience qui leur permit de savourer la concentration molaire en ions H_3O^+ d'une solution aqueuse neutre fournie par les canaux excréteurs de leurs glandes salivaires. Les dix-sept muscles de la langue de l'homme guidèrent cet organe mobile vers la sangle musculaire du plancher de la bouche de la femme, laquelle écrasait sa cage thoracique contre la portion charnue du diaphragme de l'homme. Ils crurent qu'ils devraient renoncer à la respiration que des stimuli biochimiques et sensoriels leur avaient fait découvrir au moment de leur naissance.

L'homme excita les muscles horripilateurs du pénil de la femme au moyen de ses phalangines et, de la pulpe de l'index droit, il délinéa le capuchon clitoridien. La femme fit basculer son corps, lequel écrasa la poche à air gastrique de l'homme. Les seins effleurèrent l'épiderme de l'abdomen masculin. La femme mit sa muqueuse linguale en contact avec la verge en érection.

L'homme fit pénétrer un médius dans les grandes lèvres. Les muscles fléchisseurs de la paume de son autre main lui permirent de toucher un mamelon puis l'autre. Il les serra entre le pouce et l'index, leur donnant une forme phalloïde. Il recula son bassin, utilisa ses quadriceps et appuya la tubérosité d'un humérus sur le jéjunum de la femme. Il se saisit, entre les deux arcs osseux de la bouche, d'une aréole qu'il aurait voulu engloutir jusqu'à l'isthme du gosier. Il en discerna les tubercules sur son territoire lingual. Dans ses mains, la femme serrait une juxtaposition d'organes érectiles dont elle appréciait le tissu cutané.

Ouvrant ses membres inférieurs en arc, les rotules lui servant de points d'appui, le bas-ventre empiétant sur celui de l'homme, jambe deçà, jambe delà, la femme présenta son buste à l'homme qui prononça les mots : « Ta peau anglaise! » C'était une allusion à un membre de phrase que la femme avait trouvé dans un dictionnaire : « *La clarté photogénique qu'a seule la peau anglaise.* » Le couple en avait fait une sorte de mot de passe.

Ils changèrent de posture, et l'apparition d'un point de contact entre le gland de l'homme et la région fessière de la femme fut tout près de provoquer une éjaculation. Se retrouvant sous le corps de l'homme, la femme s'empara du crâne de ce corps et lui imprima un mouvement de descente vers les replis cutanéo-muqueux de son vestibule. L'os frontal appuyé au mont de Vénus, l'homme tendit le muscle orbiculaire des lèvres. Il aboucha le corps caverneux de la femme avec la membrane fibreuse du squelette de sa langue.

La femme lui serra la tête entre les cuisses, lui broyant presque les lobules et les gouttières de l'hélix de chaque oreille. D'une rétropulsion du moignon de l'épaule, l'homme libéra son oreille gauche. La femme attira les mains de l'homme vers ses glandes mammaires, ce qui stimula son système cardio-accélérateur. Les diamètres de sa cage thoracique s'élargirent. Elle sentit qu'une première jouissance allait marquer la fin de la phase préparatoire. Sa libido augmenta grâce à un afflux d'androgènes sécrétés par la cortico-surrénale. Ses métacarpes et ses phalanges exercèrent une pression sur les joues de l'homme dont les grandes cornes et les petites cornes de l'os hyoïde furent sollicitées quand les mains de la femme firent se mouvoir les lèvres et la langue de l'homme entre la nymphe et l'anus.

Les odeurs hirciniennes et ambrosiaques des organes génitaux externes de la femme augmentèrent la vasodilatation de ceux de l'homme. Le nerf dorsal de la verge et le nerf dorsal du clitoris, dépendant du cortex cérébral, ne pouvaient être réduits à des notions de dynamique et de statique. L'homme et la femme utilisaient leurs appareils génitaux afin de continuer à être amoureux l'un de l'autre. En expirant de l'air, ils produisirent des sons glottiques. Ces sons leur permirent d'exprimer ce qu'ils souhaitaient communiquer. Les ligaments du larynx et les cavités aériennes de la face les aidèrent à agir l'un sur l'autre au moyen de mots prononcés en arrondissant ou étirant les lèvres.

La femme inspira profondément. Elle se servit de ses muscles expirateurs, craignant que l'automatisme des mouvements respiratoires ne suffise plus. Son cerveau était le champ de bataille de facteurs stimulants et de facteurs inhibiteurs. Elle sentit le nez de l'homme contre sa pilosité pubienne. Elle n'avait plus la force d'utiliser les muscles extenseurs de ses doigts. Les jambiers extérieurs, les jumeaux externes et internes se détendirent. Stimulée par un neuromodulateur, la sécrétion salivaire de l'homme se répandait dans l'orifice vaginal et sur le plancher du petit bassin de la femme qui, les yeux clos, se représentait des cascades, des tourbillons, des fleurs à foison, des forêts, des couleurs. Elle se souvint que l'Univers n'avait jamais cessé d'être dans un état de terrible explosion. Elle songea aux amas de galaxies qui s'éloignent de la Voie lactée à des dizaines de milliers de kilomètres à l'heure.

Elle pensa à l'énergie de l'Univers et elle voulut disparaître dans cette énergie. L'homme lui avait dit qu'il la suivrait jusqu'où elle voudrait.

Il introduisit son pouce dans le vagin, essayant de presser le muscle bulbo-caverneux. L'index de la même main chercha à faire réagir le muscle releveur de l'anus de la femme puis pénétra dans l'ampoule rectale. Renseignée par les influx nerveux qui la parcouraient à une vitesse constante, la femme s'imagina propulsée dans l'espace interstellaire. Elle était traversée par des millions de neutrinos qui, provenant des antipodes, avaient déjà traversé la planète avant de l'atteindre. Elle se savait inconsciente de l'activité que déployaient ses nerfs rachidiens et ses gonado-stimulines. Elle émit des sons d'une voix inarticulée et comprima sa lèvre inférieure entre ses arcades dentaires.

Les contractions de plusieurs groupes de muscles synergiques mirent de front le visage de l'homme et celui de la femme. Les muscles releveurs de leurs paupières supérieures contribuèrent à leur permettre de se regarder. Leurs cellules photoréceptrices furent sollicitées par les photons qu'ils échangèrent. Leurs deux corps étaient devenus des objets d'attraction. L'homme rapprocha sa verge des organes génitaux externes de la femme. La testostérone sécrétée par les cellules interstitielles des testicules faciliterait l'éjaculation. Les spermatozoïdes étaient stockés dans la queue de l'épididyme. L'abstinence de l'homme pendant les jours précédents en avait augmenté le nombre. Ce serait un bel éjaculat.

L'homme se demanda si l'amour physique est un lot de consolation offert aux êtres humains pour qu'ils oublient la fragilité radicale de leur vie, ou bien un remède. Il préférait une vie sans remède. Dans quelle mesure était-il en train de faire l'amour parce qu'ils l'avaient décidé, lui et la femme, ou parce qu'ils étaient assujettis à des sécrétions d'hormones sous le contrôle de leur hypothalamus et d'autres glandes indispensables?

La femme joua avec les mamelons de l'homme, les pinça et fit pénétrer dans la chair masculine l'extrémité d'un de ses ongles. La pression de l'ongle excita mécaniquement le système nerveux cérébro-spinal de l'homme. Il sursauta, se cambra. Son nerf phrénique fut affolé.

La femme écarta les loges postérieures de ses deux cuisses et livra aux pulsions scopiques de l'homme les plis papillaires et musculaires de l'épiderme qui lui recouvrait le grand fessier, le moyen fessier et le petit fessier. Elle adopta la position de la Cigale Mordorée sur le Tronc d'un Pin. L'homme sentit que la Porte Précieuse s'ouvrait devant la Tige de Jade. L'intromission de la verge dans le vagin eut lieu.

L'homme s'étonna de ne pas entendre remuer sous son crâne le liquide céphalo-rachidien dans lequel trempe le tissu nerveux. Il faillit tomber dans le piège d'être fier de lui parce qu'il était sur le point de faire jouir une femme. Il n'y avait pas de quoi se vanter. Le premier kangourou venu en fait autant. La femme, oubliant cet homme qui la pénétrait là où elle-même ne pénétrerait jamais, rejeta la tête en arrière. Une rotation suivie d'une flexion lui permit de se dégager. Elle se glissa sous les cuisses de l'homme et ils en vinrent à la position du Dévidage de la Soie. Le Pic Vigoureux pénétra dans la Ravine Vermeille. La femme imagina qu'elle s'avançait sur une terrasse ensoleillée. Elle vit s'approcher de lourds animaux qui voletaient à contre-jour. Elle reconnut un mouvement migratoire de reptiles préhistoriques. Elle crut qu'ils lui parlaient. Un ptérodactyle lui proposa de l'emporter où elle voudrait. Il disposait d'une membrane qui lui servait d'aile. Cette membrane était douce au toucher. La femme aurait voulu qu'on la transporte partout à la fois. Elle devint un cours d'eau qui allait vers la mer. Elle devint de la chaleur, elle devint de la lumière. Tout d'un coup, il y eut une lumière folle. Cette lumière rayonna dans l'espace. Le monde cessa d'exister.

Les corps érectiles de l'homme, gorgés de sang, se dilatèrent encore plus. L'homme ne savait pas qu'il utilisait les muscles de son périnée, innervés par le nerf honteux intime. Le débit sanguin de son cortex cérébral s'accroissait. Le nerf dorsal de sa verge court-circuitait le reste de son anatomie. Le centre éjaculateur, qui n'est situé ni dans la verge ni dans le cerveau, paracheva la scène en autorisant l'éjaculation demandée. Quand le plasma séminal sortit par saccades, l'homme prononça le prénom de la femme. Des millions de glandes sudoripares laissèrent les deux poitrines et les deux ventres trempés de sueur.

3

Une atmosphère froide avait permis aux atomes de se combiner entre eux. La lumière des étoiles avait créé de l'énergie qui se conservait dans des molécules. On vit alors se multiplier des invasions sans précédent.

Elles étaient préparées dans le plus grand secret. Même les noms de code de ces opérations n'étaient pas divulgués. Ils n'étaient rendus publics qu'au moment de la victoire. On ne savait jamais à l'avance qui participerait à ces invasions, – « à ces razzias », disaient certains.

Pour la plus récente d'entre elles, ils furent des millions à être mobilisés. Les ordres furent d'attendre dans le calme. Un signal déclencherait tout. Ce serait après avoir été véhiculé dans les tubes droits que chacun recevrait son arme. On ne savait pas à quoi ressemblerait le signal. On ne savait rien. On pressentait un cataclysme, peut-être une collision avec un autre Univers. On avait peur.

Les dangers d'une invasion dans un Univers elliptique étaient nombreux. La commission des Sages Extra-Galactiques avait été unanime : il fallait renoncer à de telles aventures. On avait même détruit les rêvotrons qui s'étaient mis à donner des renseignements positifs sur des planètes dangereuses comme la Terre.

Tout le monde savait que les Sages Extra-Galactiques étaient manipulés par le Grandissime du Budget Indéchiffrable, un néo-conservateur frileux. En revanche, *Ceux du pouvoir engourdissant*, qui ne se montraient jamais, étaient prêts à gaspiller des millions de vies, murmurait-on, prêts à abattre le Grandissime et les Sages, pour pénétrer dans l'Univers qu'étudient les humains. L'Univers elliptique est un Univers maîtrisable, affirmaient-ils. On les soupçonnait d'avoir réuni les millions d'êtres que leur pouvoir rendait muets, dans le but d'accomplir ce qu'ils avaient d'ores et déjà décidé : provoquer un cataclysme dont l'énergie monstrueuse expulserait trois cents, quatre cents millions d'habitants d'Anti-Neupho et les enverrait dans un voyage hasardeux, parmi des radiosources au décalage spectral inconnu.

Énervés par les Sages et leurs stratagèmes, *Ceux du pouvoir engourdissant* voulaient frapper un grand coup. Ils avaient tout prévu : ils savaient qu'ils seraient obéis mécaniquement.

Ils avaient sournoisement détérioré le big bang à l'insu des neutrinos, en appliquant les lois de la constante de Sobol, ils l'avaient observé avec leurs télestoscopes à laser asservi, ils s'en étaient approprié tous les grains anticoniques Q 12 K qu'ils avaient appelés « Souvenirs ». Chacun de ces souvenirs, tous entreposés à l'intérieur d'un noyau d'atome d'hydrogène, se divisait en milliers de cubes. Un seul de ces cubes, mis en contact avec la volonté de *Ceux du pouvoir engourdissant*, suffirait à déclencher le branle-bas de combat. Des millions d'envahisseurs partiraient aussitôt, quel que soit le but qui leur serait assigné. En fait, chacun des cubes pouvait déclencher un big bang dont il avait gardé le souvenir, mais à une autre échelle. L'échelle dépendait de la volonté de *Ceux du pouvoir engourdissant*. Leur volonté, leur détermination, étaient effrayantes.

Tout le monde apprit la nouvelle en même temps : l'invasion venait d'être voulue. C'était officiel. L'explosion aurait lieu! Les consignes précisaient qu'il ne fallait pas la redouter : elle ne détruirait rien. Elle agirait comme un propulseur. Combien étaient-ils à se réjouir après tant d'heures d'inactivité? On a avancé des chiffres qui dépassaient le milliard. A tous ces êtres, on cachait qu'ils seraient soumis, dans l'Univers qui les recevrait, à une élimination systématique. Ils s'impatientaient, voulant savoir quand aurait lieu l'explosion. Le domaine du temps était le seul à échapper à la juridiction de *Ceux du pouvoir engourdissant.* Ils étaient invisibles parce qu'ils avaient renoncé à la notion du temps. C'est pourquoi, aussi, ils ne décidaient jamais : ils « voulaient ». Leur volonté pouvait embraser les mondes. L'explosion pouvait donc survenir n'importe quand.

On rendit public le nom de code de l'opération : « Zygote ». *Ceux du pouvoir engourdissant* avaient le sens de l'humour. Au bas de chaque feuille de route, ils avaient fait mettre : « Advienne que pourra », une vieille formule des neutrinos, à l'opposé de leurs convictions.

Quelque chose éclata, quelque chose qui différait du tout au tout des broutilles que les humains conçoivent, eux pour qui savoir ce qui se passe au centre du Soleil représente une prouesse. Une déflagration sans lumière, sans vacarme, projeta dans l'espace l'armée des impatients qui avaient été jusque-là nourris de sécrétions sucrées dans un liquide plasmatique. Ils furent expulsés du domaine d'Anti-Neupho par saccades. Ils firent fonctionner leurs appareils locomoteurs qui produisaient dix ondes successives par unité de temps. Certains d'entre eux craignaient de ne pas être assez rapides. Les ordres étaient formels : ne jamais venir en aide à qui que ce soit, ne jamais faire machine arrière. Ils n'auraient pas pu se retourner. Leur moteur était conçu pour la marche avant. Leur tête en forme de flamme de bougie ne les informait sur rien mais les entraînait. Ils découvrirent avec horreur qu'ils avaient été programmés.

Ils étaient trop nombreux. A quoi bon les avoir embrigadés, heure par heure, par centaines de milliers à la fois ? Contrairement aux informations reçues, l'espace qu'ils découvraient n'était pas étendu. Ils commençaient à comprendre qu'on les avait précipités dans un milieu hostile.

On leur avait promis l'appoint de lasers éclairants, que le choc initial avait détruits. Ils n'eurent pas le temps d'attendre l'envoi d'autres fusées à projecteurs globaux. Ils continuaient de s'enfoncer dans les profondeurs de l'espace, mus par une force qui n'était pas la leur.

Ils s'aperçurent que la densité de la matière n'était pas du tout celle à laquelle on les avait préparés, et ils commencèrent à suffoquer. Ils furent précipités dans un entonnoir cosmique dont certains comparèrent la substance étrange et colorée à celle du miel rosat. Cette forme d'entonnoir les déconcertait, car elle les entourait avant même qu'ils n'y aient pénétré, à moins qu'il ne faille en conclure que leur Univers était prisonnier de cette galaxie imprévue, et c'était peut-être ce que voulaient vérifier *Ceux du pouvoir engourdissant*?

A l'aide de leurs flagelles, ils réussirent à éviter les premiers cratères dont la force gravitationnelle aurait pu les exterminer. Ils percutèrent un mur gazeux dans lequel les moins rapides d'entre eux, inaptes à le franchir, furent retenus et étouffés.

Les survivants continuèrent à vive allure. Ils cherchaient à se soustraire à l'emprise de l'entonnoir. Ils refusaient d'admettre que le piège puisse être si grossier. Une clameur s'éleva quand ils aperçurent un passage, une sorte d'œil-de-bœuf entouré de gaz chauds, qui leur permettrait, s'ils l'atteignaient vite, d'échapper au sort auquel ils se résignaient déjà : devenir des satellites de l'entonnoir. Cet œil-de-bœuf était-il une galaxie spirale, un système géant dans lequel ils disparaîtraient, ou un halo sphérique qui masquait provisoirement la frontière de l'Univers elliptique qu'ils avaient pour mission d'envahir?

Malgré leurs doublets périphériques et les tubules centraux, toute mesure de distance leur était refusée au-delà de cinq angströms. L'œil-de-bœuf pouvait se trouver à quinze années lumière ou à trente minutes humaines. Ils furent désemparés. Certains préférèrent renoncer et se laissèrent déchiqueter par les particules de l'entonnoir. Ils prétendaient que cet œil-de-bœuf était la terre promise, un piège inventé par les humains et dont ils avaient appris l'existence à l'époque où les rêvotrons n'étaient pas encore interdits.

L'angoisse était grande. La thèse des plus pessimistes semblait triompher : cette expédition était un leurre. *Ceux du pouvoir engourdissant* ne l'avaient jamais voulue. Le Grandissime du Budget Indéchiffrable avait tiré les ficelles : il avait voulu se débarrasser d'eux. Ils continuèrent d'avancer. Ils n'avaient pas besoin de courage. Toutes leurs décisions étaient automatiques.

Rien ne les guidait. Les ondes à fréquence gamma avaient cessé d'émettre tout de suite après la déflagration. Ils avaient une idée fixe : arriver. Ils ne savaient pas où. Ils se souvenaient qu'il avait été question d'une rencontre. Rencontrer qui ? Quoi ? La vie, la mort, la désintégration, la différenciation ? Ils découvrirent la tristesse, la peur. Cette découverte les galvanisa : ces notions étaient bannies depuis longtemps chez eux. Ils venaient d'entrer dans un nouveau champ électro-magnétique.

Ils atteignirent sains et saufs l'œil-de-bœuf astral. Il suffirait de le traverser pour apercevoir l'espace interstellaire où ils sauraient éviter les implosions d'étoiles et les trous noirs dont on leur avait signalé les emplacements. Il n'y aurait plus qu'à filer à toute allure vers la Voie lactée. Ils se ruèrent sur le halo brillant de l'œil-de-bœuf. Ils y laissèrent presque tous leur vie.

Les zones qu'ils avaient parcourues jusqu'alors, si menaçantes qu'elles soient, ne présentaient aucun danger qu'ils ne puissent éviter, contourner, combattre. Dans l'œil-de-bœuf, tout changea. On les avait envoyés au massacre. C'était une jungle de tiges, de mailles, de valvules, de chicanes, de fougères omnivores et radioactives, de mécanismes élaborés en vue d'un programme d'annihilation.

Tout devint clair. Les rescapés parvinrent à comprendre le plan de l'opération. Dire qu'ils s'étaient plaints d'être trop nombreux! Il y avait – et *Ceux du pouvoir engourdissant*, agissant sur ordre du Trigone 25, le savaient, l'avaient prévu – l'obstacle de ce filtre! On avait dû droguer leurs segments principaux, on avait dû introduire des informations falsifiées dans leur chromatine, pour qu'ils aillent se jeter dans cette glaire cervicale qu'ils avaient confondue avec un halo.

Les survivants s'observèrent : ils avaient changé. Ils étaient comme lavés après le passage dans la glaire. Ils ne transportaient plus le plasma qui les protégeait au départ. Les anormaux, les bifides, avaient disparu, n'ayant pas su lutter contre les fougères omnivores. Tous les rescapés avançaient à la même vitesse. Ils avaient pénétré dans un autre Univers sans savoir si c'était celui qui les attendait. On leur avait dit qu'ils étaient attendus, mais ils ne croyaient plus rien.

Le seul résultat positif était la vitesse accrue. Ils s'étaient réjouis trop vite : cette vitesse en précipita beaucoup dans des tourbillons qu'ils aperçurent trop tard. D'autres furent emportés par des effets de marée. Ils étaient de plus en plus horrifiés. Ils auraient préféré mourir sans avoir compris mais ils comprenaient : il fallait qu'ils soient éliminés les uns après les autres. Le but de l'expédition n'était pas d'envahir les galaxies. Le but de l'expédition n'était pas non plus de les livrer à un carnage : on aurait pu les tuer à moindres frais. Bientôt, ils ne furent plus que quelques milliers : belle invasion!

L'un d'entre eux était-il porteur d'un message à délivrer? Pourquoi avait-on interdit les rêvotrons? Pourquoi cette excitation avant l'explosion? *Ceux du pouvoir engourdissant* étaient restés en contact avec l'Univers elliptique et, au lieu de l'envahir, ils communiquaient en utilisant ce moyen rudimentaire, indigne d'eux : le gaspillage de centaines de millions d'êtres fanatisés.

Alors apparut une planète. Elle rayonnait au fond d'une ampoule tubaire. Échappant de plus en plus à l'attraction de leur propre Univers, les rescapés résolurent de fausser le plan et de se diriger vers cette sphère qui les tranquilliserait peut-être. Les plus dociles continuèrent leur route et s'égarèrent dans une cavité abdominale. Les autres firent route vers la planète qu'ils reconnurent brusquement : c'était Corona Radiata ! Les astrophysiciens du Trigone 25 en avaient prévu l'existence.

Ils furent quelques centaines à s'en approcher. Elle semblait régner sur un Univers en pleine contraction. Ces contractions les avaient entraînés vers elle. Ils explorèrent la troposphère de Corona Radiata. Ils devinèrent ce que leurs astrophysiciens n'avaient pas eu le temps d'établir : Corona Radiata n'était pas une planète mais une enveloppe végétale qui recouvrait sans doute une étoile. Ils mirent en action leurs lasers. Redoutant la surpuissance des lasers, qui risquait de détruire leur futur abri, ils lâchèrent les enzymes. Les enzymes dispersèrent les cellules de la barrière protectrice. Il fallut s'acharner. S'ils avaient été plus nombreux, cette barrière serait tombée sans efforts.

Ils auraient voulu faire part de leur découverte. Ils n'étaient pas sûrs de revenir jamais chez eux. Même s'ils avaient pu envoyer des messages, la commission des Sages Extra-Galactiques les aurait interceptés, détruits ou, pire, déformés afin de berner d'autres générations qui connaîtraient, elles aussi, le sort des envahisseurs.

Ils furent quelques-uns à franchir la Corona Radiata. Ils se heurtèrent à une membrane translucide, à laquelle ils s'attachèrent. Une lumière diffuse leur permit d'entrevoir derrière la membrane un noyau vermeil. Leurs têtes s'enfoncèrent dans la membrane. Ils larguèrent leur dernière réserve d'enzymes afin de pouvoir rejoindre le noyau qui était un nucleus femelle.

Ils n'étaient plus que quinze ou vingt. Ils s'étaient demandé pourquoi, pendant leur entraînement, on leur avait fait subir une méiose, pourquoi on avait apparié leurs chromosomes paternels et maternels, pourquoi on les avait maintenus en état haploïde. Ils comprirent. La mission consistait à emmener de l'acide désoxyribonucléique. Les ordres de Trigone 25, qui leur furent transmis par ondes millimétriques, parlèrent d'ADN.

Plus d'enzymes!

Ils furent effondrés. Ils allaient échouer si près du but. Comment trouver un moyen de fusionner avec cette membrane?

L'aventure allait finir là. Il valait mieux que personne ne l'apprenne jamais. Une vingtaine de rescapés sur trois cents millions! La tête engluée dans une membrane pellucide!

L'un d'entre eux voulut faire un essai. Il avait dispersé les cellules de la Corona Radiata et se cramponnait à la membrane. Il aurait détesté un échec. Il se laissa couler dans le liquide gazeux qui l'entourait, renonçant à attaquer de front et supposant qu'il serait plus efficace de s'enfoncer dans cette membrane comme on s'enfonce dans son lit.

Stupeur : il progressa. Il allait mettre fin à l'opération Zygote! Il n'avait plus besoin de son casque à écouteurs et il s'en débarrassa. Il enleva son uniforme, jeta sa cape post-nucléaire. Il s'assura qu'il était toujours porteur de vingt-trois chromosomes : il avait reçu l'ordre impératif de les livrer à l'ovule dès que le contact serait établi. Il les recompta, craignant qu'il n'en manque un, peut-être perdu en cours de route.

Il était sur le point de vaincre! Il avait déjoué les pièges de l'espace périovocytaire. Son flagelle n'était pourtant pas plus extraordinaire qu'un autre. Après la pénétration, ce flagelle dégénérerait.

La fusion eut lieu et il se retrouva à l'intérieur de l'ovocyte. Aussitôt la paroi translucide se referma. Un frisson le parcourut : il était seul. Il ne savait pas qu'après l'arrivée d'un premier spermatozoïde, la membrane de l'ovocyte cessait aussitôt d'être perméable. Le plan, tel qu'il s'exécutait et s'achevait, minutieusement fixé, excluait la pénétration de plusieurs assaillants à la fois. Un mécanisme de blocage refoulait tous les autres, si peu nombreux soient-ils. L'opération Zygote n'approuvait et n'admettait qu'un seul vainqueur.

Il se mit à gonfler. Il allait augmenter cinq cents fois de volume avant d'affronter le noyau femelle. Il fut averti qu'il lui restait une dizaine d'heures avant d'être attiré au centre de l'œuf. Ensuite il s'unirait à la femelle et disparaîtrait avec elle. Il relut hâtivement ses instructions : « Tête et queue du spermatozoïde pénétreront dans le cytoplasme de l'ovocyte. » Bon, c'était fait. Ensuite? « Le noyau spermatique se métamorphosera en un pronucleus mâle. » Adieu, sperme, verge, vagin, couvée! Il regarda le petit noyau femelle qui se réhydratait en face de lui. Il sentit qu'il commençait à gonfler. Il était en train de devenir un pronucleus! Il se réconforta en chantant :

Zygote ici!
Zygote holà!
Ah, bravo zigoto!
Spermato su, spermato giù
Spermatissimo!

De l'autre côté de la membrane désormais infranchissable, ses compagnons l'encouragèrent :

Bravo bravissimo
Spermatissimo!

4

Une quinzaine d'heures après l'irruption du spermatozoïde, le pronucleus femelle et le pronucleus mâle se rejoignirent au centre de l'œuf et leurs membranes furent mises en pièces. Les chromosomes paternels et maternels se dégagèrent et apparurent. Ils prirent place sur le fuseau central, chacun ayant tenu à doubler son capital d'acides avant de se lancer dans une polka pendant laquelle ils s'apparieront, s'accoleront et se diviseront. Ils connaissent la chorégraphie et n'ont plus qu'à l'interpréter. C'est le coup du père Clément : on croise des oranges amères et des mandarines douces et, goûtez-y, voici des clémentines. C'est à ce moment-là, juste après la polka des chromosomes, disent les spécialistes de physiologie et de psychologie de la reproduction humaine, qu'on peut prétendre qu'un nouvel individu vient d'apparaître.

L'œuf fécondé se mit en route. Il atteignit la lumière utérine trois jours plus tard. Il ressemblait à une baie, à une bille, à une boule, à une baie de groseille, à une bille d'agate, à une boule de rampe d'escalier. A une boule de bowling, plutôt : il ne tenait pas en place. Il s'amusa à se diviser en cellules, dix, douze, vingt, cinquante. Il changeait, s'épanouissait et ignorait que des spécialistes distinguaient déjà en lui un bouton embryonnaire.

Il se mit à ressembler à une minuscule mûre. Il continua d'avancer. Il était important pour lui de progresser, c'était même sa hantise. Il avait un but. Il cherchait à se fixer et il fut poussé vers la muqueuse utérine sans que sa volonté intervienne puisqu'il n'avait pas de volonté mais se soumettait à des lois non seulement plus vieilles que lui, ce qui n'était rien, mais vieilles de millions d'années. Il refaisait à ses risques et périls le même chemin que tout le monde.

Le quatrième jour, on lui retira le droit de s'appeler « ovocyte ». Il venait de pénétrer dans un nouvel espace où il aurait à s'implanter sous le pseudonyme féminin de Morula.

Très vite, la morula dut résister à l'élimination qui la guettait. Elle fut envahie par des liquides qui la désorganisèrent. Elle tint bon.

Il ne lui restait plus beaucoup de temps pour mener une vie libre dans l'utérus. Elle avait entrevu la possibilité de s'installer à demeure, de s'incruster dans la paroi utérine. Il s'agissait maintenant de négocier avec la propriétaire de cette paroi. Si cette négociation n'aboutissait pas, la morula mourrait. Elle n'avait pas de réserves. Comment se nourrirait-elle ?

D'abord, elle dut renoncer à son nom et se signala sous le sobriquet masculin de Blastocyte, auquel blastocyte il incomba d'échapper à l'une des dernières embûches du parcours : celle qui l'aurait fait se tromper de route et s'aventurer dans un cul-de-sac où la mort était, cette fois, certaine.

Le sort du blastocyte a souvent été le même que celui de l'alpiniste qui tombe dans une crevasse, la disparition étant d'autant plus à craindre que le calibre de l'œuf humain, quand celui-ci est affublé du nom de blastocyte, ne dépasse pas le demi-millimètre.

Le blastocyte passa à l'action. Il fut aidé par des enzymes et se dégagea une fois pour toutes de la membrane qui l'avait protégé jusque-là. Il commença par remuer, se manifestant par des contractions et des réexpansions. Il prévint sa mère qu'il arrivait. Il émit des signaux et il reçut des réponses. L'activité sécrétoire du milieu dans lequel il avait pénétré s'intensifia. Des glandes allongées et tortueuses l'entourèrent. Un contrat bilatéral fut passé : les cellules du trophoblaste (l'enfant) fusionnèrent avec celles de l'endomètre (la mère). Le plus grand danger, celui d'un rejet pur et simple, fut écarté sans que la mère ni l'embryon ne s'en rendent compte. Il y avait des centaines de siècles qu'une tolérance immunitaire spéciale avait été mise au point pour que les femmes acceptent ce qui n'est qu'une allogreffe qu'elles devraient rejeter, même si c'est moins simple que l'histoire du bon grain et de l'ivraie.

Des ponts intercellulaires furent construits afin de relier l'œuf et la muqueuse. Des signaux biologiques continuèrent d'être échangés par les deux parties. Les capillaires maternels devinrent congestifs et dilatés. L'existence du blastocyte dépendit de cavités et de connexions, de liquides extravasés, de communications entre espaces lacunaires et flux sanguins. Le blastocyte consacra une partie de ses forces à éroder et pénétrer les vaisseaux de sa mère. Il venait de renoncer à sa vie vagabonde qui aura duré une semaine. Après s'être accolé, il s'attacha. Certaines cellules de sa mère, privées par lui d'oxygène, furent détruites. Il perfora le réseau capillaire superficiel de la muqueuse, et des globules rouges maternels circulèrent dans un espace labyrinthique. Dans l'utérus, une hémorragie se déclara. Cette blessure, imposée par le blastocyte à sa mère au moment de l'implantation, se cicatrisera deux jours plus tard.

Le blastocyte, solidement fixé, continua de se développer. Une région craniale se dessina. Trois semaines après la métamorphose du spermatozoïde en pronucleus mâle, le système nerveux central commença à se former. Le blastocyte avait eu de la chance. Tous les œufs humains ne réussissent pas à s'implanter et, parmi ceux qui y parviennent, près de la moitié ne survivent pas plus de deux semaines et sont emportés par le flux menstruel suivant. Certains de ceux qui passent ce cap avortent dans les semaines qui suivent. D'autres naissent pour mourir aussitôt, privés de poumons ou de crâne. Naître n'est jamais une affaire gagnée d'avance. Comme reproducteur, l'être humain n'est pas ce qu'il y a de mieux sur la planète qu'il peuple.

Entre-temps, le blastocyte était devenu embryon.

Son prochain travail, un devoir de géométrie, consistera à déterminer un axe médian afin de favoriser l'essor du squelette. Il va falloir faire vite : il ne dispose que de neuf mois en tout et pour tout. Même pas. L'embryon n'a que trois mois pour fabriquer tous les organes. Après, c'est du ressort du fœtus, chargé, lui, de la croissance accélérée.

Des tubes s'ouvrirent, des crêtes se dessinèrent, des placodes s'invaginèrent, s'épaissirent. La future région cervicale fut délimitée. Apparurent les premiers bourgeons, ceux des épaules et des bras. Le système nerveux central n'était encore qu'une plaque invisible dans un embryon de trois millimètres. Cette plaque prit la forme d'une cacahuète, ce qui explique peut-être que l'homme soit si proche du singe. L'embryon, peu soucieux de garder l'aspect d'une bille ou d'une mûre, ressemblait maintenant à une mangue, à une mandoline. Il flottait dans la cavité amniotique et devint le siège de proliférations continuelles. Des cellules qui bourgeonnaient firent apparaître des îlots sanguiformateurs et la fusion de ces îlots donna naissance à de minuscules vaisseaux sanguins. L'embryon se décida à fabriquer son propre sang. D'autres vaisseaux se formèrent à l'extérieur et, quand ils fusionnèrent avec ceux de l'intérieur, la circulation de l'embryon rejoignit celle du placenta.

Vite incapable de faire face à ses besoins nutritionnels, assurés jusqu'alors par simple diffusion, l'embryon favorisa une nouvelle prolifération de cellules. Elles finirent par développer un plexus en fer à cheval. Un tube cardiaque primitif fut alors bricolé à partir de deux autres tubes réunis grâce à une plicature. On était à la fin de la troisième semaine. Le cœur de l'embryon fut protégé par une matière gélatineuse : la gelée cardiaque. Une autre gelée protégera, dans le cordon ombilical, deux artères et une veine.

Au bout d'un mois, les membres inférieurs de l'embryon commencèrent à ressembler à des nageoires. Il tâcha de se servir de ces nageoires dans le liquide amniotique comme s'il ne voulait pas se désolidariser de ses aïeux poissons au moment où se confirmait son appartenance à une autre classe d'animaux, celle dont les femelles ont des mamelles. Des bourrelets mandibulaires et maxillaires ne lui donnaient pas encore un visage humain, loin de là. Un visiteur aurait pris pour des yeux ce qui n'était que l'emplacement des futures narines encore à l'état de placodes olfactives. Trois renflements s'apprêtaient à se mélanger pour devenir le corps de la langue. Un renflement voisin serait l'épiglotte. Des cellules se réunissaient dans le but de former un jour le squelette de la face. Les hémisphères cérébraux transparaissaient sous la forme de deux excroissances d'une paroi latérale du cerveau. Deux gouttières peu profondes de chaque côté du cerveau antérieur seraient les yeux du futur fœtus. L'intestin moyen n'était toujours qu'une hernie dans le cordon ombilical.

Pendant les trente jours qui suivirent, la taille de l'embryon tripla. Le corps mesura cinquante millimètres du sommet de la tête au bout de la queue, car un début de queue se présenta. On s'en débarrassera plus tard. La tête à elle seule prenait la moitié du corps et le corps pesait trente-cinq grammes. Une autre gelée apparut : la gelée de l'émail dans la cloche dentaire. Bientôt apparaîtra la dentine qui deviendra de l'ivoire.

Les organes génitaux externes ne tarderaient plus à se différencier. L'organisme allait avoir un choix à faire entre les caractères féminins ou masculins. Le cœur battant, l'embryon était devenu un fœtus.

5

Il était une fois un petit fœtus qui vivait tout seul dans le ventre de sa mère. Il commençait à bouger. Ses sourcils étaient bien développés et ses cheveux poussaient déjà. Son menton n'était plus enfoncé dans son thorax. Il sucerait bientôt son pouce.

Quand ils naissent, contraints à une survie immédiate, les bébés sont si occupés par le travail qu'ils ont à faire, qu'ils oublient tout. C'est bien dommage. C'est pour cela qu'il est toujours intéressant, quand on en a l'occasion, de se renseigner directement auprès d'un fœtus. Les fœtus réservent le meilleur accueil à ceux qui les questionnent. Ils ne sont ni méfiants ni menteurs.

Tous ceux qui ont eu la chance d'avoir accès à des autobiographies de fœtus sont d'accord pour dire que ces récits appartiennent au même type en ce qui concerne leur structure, chacun n'étant qu'une variante d'un conte unique. La liberté des conteurs est limitée. Par exemple, les fœtus commencent toujours par la même phrase : « Il était une fois un petit fœtus qui vivait tout seul dans le ventre de sa mère. » Tous parlent des pavillons de leurs oreilles qui se dessinent dans le cou avant de migrer du cou vers la tête. Ils précisent qu'il faut attendre que les mandibules se développent pour que les oreilles remontent jusqu'au niveau des yeux. Ils ont l'honnêteté de reconnaître que leurs yeux ne sont que des ébauches oculaires. Ils constatent des défauts de fabrication dans les pavillons des oreilles et s'excusent en expliquant qu'il s'agit d'un mélange morphologiquement complexe dont la base est fournie par six bourgeons différents.

On ne connaît pas de récits faits par des jumeaux, et la plupart des commentateurs se rallient à l'hypothèse suivante : si les fœtus jumeaux n'éprouvent pas le besoin de raconter leur vie, c'est parce qu'ils s'amusent entre eux. Ils sont si heureux qu'il ne leur vient pas à l'idée d'écrire. Les fœtus jumeaux satisfont leurs désirs en se passant très bien des subterfuges de la narration. C'est la solitude qui soumet le fœtus aux contraintes sémiotiques de la narrativité intra-utérine.

Il y avait donc un fœtus qui grandissait tout seul dans un local qu'il n'avait pas construit de ses mains pour la bonne raison qu'il n'avait pas de mains mais il était arrivé à le construire parce qu'il avait de la volonté. Une fois calfeutré dans ce local, il avait réussi à se procurer du sucre et des vitamines. Il avait tout de suite su que le long séjour qu'il ferait là serait studieux. Un fœtus doit travailler. Les fœtus sont des gens actifs. Le nombre de choses qu'ils finissent par savoir est faramineux.

La mère du fœtus le laissait libre. Au début, elle ne s'était même pas rendu compte qu'il était là. Il n'avait pas été vexé. C'était normal : il s'était déguisé en boule de gomme. Il a toujours aimé faire des farces. Il a toujours été quelqu'un de simple, de modeste. A l'époque, il ne se trouvait pas plus important que le papier à musique sur lequel un musicien a écrit deux ou trois mesures en vue de composer une sonate. Ce papier, rien n'empêche le musicien de le déchirer, de le mettre au panier. Même la sonate, si elle s'avère sans intérêt en cours de route, il arrive qu'on y renonce, qu'on la détruise. L'embryon ne s'était jamais illusionné. Sa mère aurait pu, tout à coup, vouloir se passer de lui. Ou lui d'elle. Il avait son quant-à-soi. Il aurait plaqué sa mère. On n'aurait jamais entendu parler de lui. Le contraire avait eu lieu.

En arrivant, à peine conçu, il avait cherché un endroit qui lui plaise dans le jardin. C'était un jardin baroque, avec des cascades, des rocailles et des grottes. Les allées les plus sombres, autant dire des culs-de-sac, avaient terrifié notre embryon. Il avait fini par jeter son dévolu sur une pelouse qui semblait accueillante et il n'avait plus bougé de là. Il s'était enfoncé dans le sol.

Il n'avait pas sucé son pouce tout de suite car il avait dû s'appliquer à fabriquer son foie, son estomac, sa vésicule biliaire et toutes sortes d'autres organes qu'il ne connaît pas et que sa mère ne connaît pas non plus.

Pour remédier à sa solitude, il avait, dès son arrivée, demandé qu'on installe le téléphone. C'était si petit, chez lui, qu'il se prenait sans arrêt les pieds dans le fil, craignant même de s'étrangler un jour ou l'autre, mais ce téléphone était le seul lien avec le monde extérieur. Quand il appelait, c'était toujours sa mère qui décrochait. Il était content. Il commandait, par exemple, de l'eau. Sa peau était si perméable qu'il n'avait pas besoin d'avaler l'eau par la bouche. Quand il téléphonait, la voix de sa mère était parfois couverte par de la musique qu'elle était en train d'écouter.

Depuis qu'il est devenu un fœtus, il a beaucoup changé. Il se demande qui va le reconnaître. Personne. Ce n'est pas gai. Dans quelques jours, son visage et son corps auront pris l'aspect qu'ils garderont jusqu'à sa naissance. Son appendice caudal a enfin disparu grâce au développement des fesses. La langue est tout entière dans la bouche et ne descendra dans le cou que longtemps après la naissance. Toute sa moelle est rouge alors qu'il sait que sa mère a de la moelle jaune. Ses côtes ne sont pas encore très horizontales mais s'il est loin de ressembler à un être humain adulte, il est le sosie du nouveau-né qu'il sera. Si sa mère pouvait le voir dès maintenant, elle commencerait à s'habituer à lui. Elle serait moins anxieuse. Le fœtus trouve que les ventres des femmes enceintes devraient devenir transparents.

A quoi ressemblera la vie post-natale? Il s'attend à tout, de ce côté-là. S'il disposait de davantage de temps, il y penserait mais il a autre chose à faire qu'à imaginer le futur. Il est trop occupé par son corps. Il suppose que, pendant la vie post-natale, ce corps sera le théâtre de phénomènes physiques surprenants ou sournois, de maladies et d'excitations qu'il ne s'agira pas de prendre pour des douleurs morales ou des joies ineffables. Il y aura aussi le climat, les saisons, les changements de température. Il faudra être intelligent. Le fœtus espère qu'il ne confondra pas le soleil avec le bonheur, ni une nuit glaciale avec le symbole du désespoir. Ces histoires de canicule ou de grand gel n'ayant rien qui presse, notre héros préférait surveiller la progression de ses ongles vers l'extrémité des doigts et des orteils. C'était beaucoup plus intéressant que d'hésiter entre le matérialisme et l'idéalisme.

Bref, tout seul dans le ventre de sa mère, le fœtus s'amusait beaucoup. Il s'instruisait. Il venait de se rendre compte qu'il serait un garçon, s'étant aperçu que le chromosome Y produit un effet testiculo-déterminant. S'il avait été une fille, les bourrelets génitaux seraient devenus les grandes lèvres et son sexe aurait fini par ressembler à celui de sa mère, les sexes des filles étant identiques à ceux de leurs mères parce que les fœtus féminins subissent l'influence d'hormones fournies par ladite mère. Il aurait couru le risque de naître avec un vagin double, chose qui arrive.

Des hormones mâles qu'il avait été obligé

de produire lui-même stimulèrent le développement d'un pénis. Jusqu'alors, il n'avait eu à sa disposition qu'un tubercule génital. Tout le monde en a un au départ, qu'on soit fille ou garçon. Cela s'appelle un phallus. Ensuite, chez le garçon, les bourrelets génitaux sont à l'origine d'une peau qui enveloppera les testicules encore à l'abri dans le bas-ventre. (Dans leurs autobiographies, les fœtus, qui semblent ignorer l'expression « renflement labioscrotal », insistent sur les bourrelets génitaux. Sans doute le mot bourrelet leur rappelle-t-il le placenta qui leur sert d'amortisseur.)

Depuis que son phallus était devenu un pénis, le fœtus éprouvait, outre de la fierté, d'autres sentiments qu'il lui était difficile de démêler et il se disait : pourvu que je ne naisse pas avec un pénis bifide, ce qui s'est déjà vu. Il se lançait dans des pronostics sur l'avenir de son pénis. Tout fœtus acquérant, au cours du troisième mois, des connaissances littéraires proliférantes (lesquelles régressent et dégénèrent avant la naissance, suite à des réactions de rejet mal connues), il récita le passage suivant, qu'avait jadis écrit un docteur en médecine : « Ma femme me sugcera jusqu'au bout. Je m'y dispose. Vous entendez assez que c'est le baston à un bout qui me pend entre les jambes. Je vous jure et promectz que tousjours le maintiendray succulent et bien avitaillé. Elle ne me le sugsera poinct en vain. Éternellement y sera le petit picotin, ou mieulx. »

A d'autres moments, le fœtus, au lieu de s'enhardir, était du même avis que le vieux philosophe solitaire des Alpes : « Ma vie n'est pas si brillante; je mène précisément celle d'un chartreux. J'ai barricadé la porte du vestibule. On n'entre plus que par les souterrains. Je mange très peu et je travaille beaucoup. » Le fœtus n'en revenait pas d'être d'accord avec un hibou de soixante-quinze ans. Plusieurs mois le séparaient de sa naissance mais il était déjà prêt à rire ou rouspéter comme un petit vieux revenu de tout, sachant qu'on a affaire, dans la vie, tantôt à des tigres, tantôt à des singes. Il avait sa version d'une phrase fameuse dans l'Antiquité : « J'aime trouver chez le fœtus quelque chose du vieillard, chez le vieillard quelque chose du fœtus. » Pour lui, la vieillesse et la vie se ressemblaient : il s'agissait d'atteindre celle-ci et puis celle-là. Pourquoi les hommes, dès qu'ils sont conscients de vivre, maltraitent-ils la vie et, devenus vieux, la vieillesse?

Le fœtus se félicitait de rester dans le ventre de sa mère comme un ermite dans sa cellule.

Il recevait sa nourriture aussi miraculeusement que les moines dans le désert, à qui des animaux apportaient du pain et des olives. Il aimait la vie comme un moine essaie d'aimer Dieu, la mesure d'aimer la vie étant de l'aimer sans mesure. Comme un moine, il ne possédait rien et, nuit et jour, il ne s'inquiétait que de la vie, ne se préoccupait de rien d'autre. Ce n'était pas lui qui avait besoin d'être sauvé mais il sauvait la vie en la faisant exister. Au lieu de vouloir que tous les êtres accèdent à la connaissance, il voulait que la vie accède à un peu plus de vie grâce à lui. C'était là son supersavoir secret qui valait bien celui du Tathâgata. La vie était dans son corps. Il la sentait. Il réussissait à s'identifier à elle. Bientôt, au lieu de penser : « La vie est dans mon corps », il penserait : « Mon corps est dans la vie. » Il ne se laissait pas distraire et se taisait. De son silence naissait un désir de plus grand silence encore. Ses meilleures pensées, le fœtus les devait au silence. Il n'était pas si bête et il savait qu'il aurait été bien incapable de parler même s'il l'avait voulu.

Il lui était arrivé de croire qu'il parlait mais il avait pris la voix de sa mère pour la sienne. Elle, en revanche, quelle bavarde. Il y avait des moments où elle s'adressait à lui et cela le dérangeait, sans compter qu'avec ses intestins, elle interprétait *Le Sacre du Printemps* plusieurs fois par jour, musique dont les accords martelés amenaient à penser : laissez les bruits couvrir les bruits.

Ces grincements et gargouillements ne causaient pas le moindre traumatisme émotionnel au fœtus. Il lui arrivait même d'aimer tous ces bruits. Leur absence l'aurait choqué. Il se disait : c'est la vie. La vie de sa mère était un peu la sienne. Ils avaient chacun leur cœur mais ils partageaient leurs soucis et leurs jubilations. Le fœtus devenait radieux quand sa mère allait danser. Il se demandait à quoi elle pouvait bien ressembler. Avait-elle beaucoup de cheveux ? Était-ce une grande nerveuse ? Il n'en savait rien. Il interrogeait son système porte hypothalamo-antéhypophysaire. Pas de réponse. Ce système ne serait opérationnel qu'à mi-gestation. C'était contrariant.

Même si le sang maternel, au cours de la grossesse, est séparé du sang fœtal, même si la circulation fœtale est bel et bien indépendante de la circulation maternelle, ce n'est pas une raison pour ne pas s'intéresser à celle qui a produit des anticorps facilitants pour que s'installent dans son ventre un fœtus et les cellules paternelles qu'il apportait. Je jette le masque : ce fœtus, c'est moi. Je suis l'auteur de cette autobiographie, qui n'est qu'un simple crayon, un petit impromptu. Je me distrais en attendant d'être expulsé d'ici par des contractions de fibres musculaires lisses. J'attends le big squeeze. Est-il vrai qu'à la naissance, quand il se faufile vers la sortie, le pauvre fœtus a tous les os du thorax pressés, serrés, aplatis? Et qu'il faut cracher du liquide intrapulmonaire? Et que les poumons d'un fœtus mort-né, pleins de liquide, couleront au fond d'une bassine remplie d'eau tandis que les poumons de l'enfant mort-né qui a eu le temps de respirer flotteront? Et est-il vrai que le thorax, après l'épreuve du big squeeze, reprend sa forme à l'air libre par simple effet d'élasticité? Si je comprends bien, naître n'est pas vivre mais survivre. C'est pourquoi les fœtus rédigent des autobiographies : rien n'est plus proche du testament. Dès l'ouverture des enveloppes, ils s'arrangent pour perdre ces textes qui ne sont d'ailleurs inscrits que dans leur mémoire. Les autobiographies fœtales disparaissent au moment où le placenta se décolle. Ce sont des textes compromettants et les fœtus préfèrent ne pas s'en vanter : de toute façon, on trouvera leur tête trop grosse. Nous devinons ce qui nous attend de l'autre côté : une bande d'ovipares, de vivipares et d'ovovivipares. On ne sait pas quel accueil ces gens nous réserveront, des gens qui châtrent des jeunes rats mâles pour voir s'ils vont se cambrer comme des femelles, des gens qui décapitent des fœtus de lapins dans le ventre de leur mère pour voir si leur cœur va continuer de battre, des gens qui coupent les testicules d'un coq pour voir s'il gloussera comme une poule, des gens qui donnent à un chien le meilleur repas de sa vie pour l'assassiner sept heures après et lui ébouillanter le foie, des gens qui n'ont pas hésité à maintenir en vie pendant vingt heures des fœtus humains obtenus par avortement légal.

Les fœtus savent depuis toujours qu'il vaut mieux avoir l'air analphabète en naissant. C'est ce qu'on attend d'eux. C'est la raison qui m'a fait me dépêcher d'écrire maintenant les jolis moments de ma vie, n'étant pas sûr de pouvoir, dans l'autre, signer des phrases comme : « Je suis vif, passionné, fou. » Je les envie, ceux qui sont déjà nés et qui ont pu confier que les plus doux moments de leur vie sans comparaison s'étaient passés dans les salles de spectacle, ou bien qu'en arrivant dans une ville, ils demandaient : quelles sont les douze plus jolies femmes?

Arrêtons de parler de moi. Je voudrais qu'on s'intéresse à ma mère. Je voudrais tout savoir sur elle. Ce serait pour moi, à l'heure qu'il est, le plus grand des plaisirs. Que je sache tout. A quoi ou à qui ressemble-t-elle? Un nez lui a-t-il poussé, comme moi, au milieu du visage? J'arrive tard dans sa vie. Je voudrais apprendre ce qu'elle a fait depuis qu'elle a été conçue. S'est-elle transformée? Je veux tout savoir sur elle afin de tout savoir sur moi. Comment est-elle née? Est-ce qu'elle est née un dimanche? Les enfants nés le dimanche sont plus heureux que les autres. Quand a-t-elle compris qu'elle n'était pas seule sur terre et qu'un jour, il y aurait moi? A-t-elle été amoureuse à d'autres moments que celui pendant lequel je fus mis au point? Pense-t-elle à moi comme au fruit d'un excès d'énergie? Pense-t-elle à moi tout court? Éprouve-t-elle de nombreux désirs? Qui n'a pas de désirs n'a envie de rien et il s'agit qu'elle ait envie de moi. A-t-elle été assez heureuse jusqu'à présent pour être apte à me rendre heureux à mon tour? Mais attention! A une condition : qu'elle mène sa vie et moi la mienne, comme maintenant. Est-ce qu'elle prendra soin de moi? A-t-on pris soin d'elle? Je la sens plutôt intimidée devant moi. Il ne faudrait pas qu'elle aille croire que je lui fais l'honneur d'être son fils et qu'elle doit me ménager. Je n'aurais pas pu me développer ailleurs, et naître où, quand, comment? Est-ce qu'elle va m'étouffer? M'avaler? Je ne voudrais pas être à sa place. Elle devra me distraire à longueur de journée. J'y mettrai du mien. Elle ne pourra que se féliciter d'être ma mère. A chaque instant, je la tirerai d'embarras. Je la sauverai, en quelque sorte. Une mère a besoin de son enfant. Sinon, ce ne serait pas une mère. Je voudrais quand même bien savoir qui est la mienne. Que sais-je d'elle? Il ne faut pas croire que je ne fais que dormir. A l'insu de tous, je m'informe sans arrêt. Je range mes dossiers dans la boîte osseuse qui me sert de crâne. J'ai des fiches sur le placenta qui est obligé d'utiliser le cholestérol de ma mère. Je sais que sans le foie de ma mère et sans ses urines, je ne vaudrais pas grand-chose. Je remets constamment à jour ma liste d'hormones. Par exemple, je viens de repérer la « sex binding globuline ». Je produis beaucoup d'hormones que ma mère évacue ensuite par les voies urinaires. L'hormone et l'urine ne valent pas un duo de Tristan et Yseut mais c'est plus efficace. Une autre de mes fiches insiste sur « le haut degré d'autonomie de l'unité fœto-placentaire vis-à-vis de la mère ». Cette unité *fœto-placentaire* ne me plaît qu'à moitié. C'est une trouvaille récente dans l'histoire de l'humanité. Ils ont compris que le placenta n'était pas indépendant mais ce n'est pas une raison pour nous rabaisser, nous, fœtus, au rang de partenaires du placenta, comme s'il fallait se pousser pour lui laisser de la place. Fœto-placentaire! Autant dire austro-hongrois! En anglais : *Fœto-Placental Unit*. On dirait le nom d'un groupe de chanteurs de rock.

Sur l'apparence physique de ma mère, mes fiches n'ont rien. C'est une femme qui respire, qui se meut, marche, cligne des yeux, se tient droite. Elle parle, elle mâche, digère, défèque. Elle a des muscles et elle m'emmène partout où elle va. Elle a des fesses et elle s'assied. J'aime les mouvements qu'elle doit faire pour s'habiller. Est-ce qu'elle s'habille bien? Comment le saurais-je? J'ai hâte de la voir. Qui me parlera d'elle? Je m'en remets à la médecine islamique, moi, pauvre fœtus devenu disciple du vieux Abu Bakr Mohammed Ibn Zakariya al-Razi, celui qui disait que la meilleure description d'un mal est celle qui transforme l'oreille du médecin en œil. Ce que j'entendrai va-t-il me permettre de voir, de voir vraiment ma mère?

Le mieux serait de redonner la parole à cet écrivain que j'ai dû interrompre quand il s'est mêlé de ce qui ne le regardait pas. Il parlait de moi comme si je n'étais pas là. Il m'a traité de blastocyte! Il était temps que je prenne les choses en main. En effet, j'ai déjà des mains.

Au lieu d'entraîner les gens dans des histoires de photons et de big bang où je me demande quelle poule retrouverait ses poussins, il aurait suffi de séparer le monde en deux parties, le domaine ensoleillé et le non-ensoleillé, ou, plus simplement encore, de dire comme je ne sais plus quel Hindou que la création du monde est une histoire de beurre fondu.

Quant à la séance de Kama Sutra du deuxième chapitre, cela se passe de commentaires. Maintenant, grâce à moi, cet écrivain va enfin pouvoir se rendre utile. J'attends de lui un chapitre consacré à ma mère. C'est une commande. Sera-t-il capable de nous rédiger quelques pages à l'accent personnel, original, inimitable? Avec une singularité de vision, une originalité d'analyse? Je ne lui demande qu'un chapitre. Hé! L'écrivain! *It is your turn!* Ici s'achève ma contribution.

6

Attendez! Je reprends la parole (c'est encore moi, votre nouvel ami, le petit fœtus qui vit tout seul dans le ventre de sa mère).

Qu'est-ce qui m'a pris? J'allais permettre à un écrivain de s'occuper de ma mère. J'allais la lui livrer. J'allais supporter que mes phrases et ma mère cessent de faire un tout. Et pourquoi? Parce que j'ai eu envie de savoir à quoi elle ressemblait, vue de l'extérieur. Comme si c'était intéressant de le savoir! Ma mère n'existe que si je pense à elle. Qu'un autre vienne m'en parler, à quoi cela m'avancera-t-il? Faiblesse de ma part! J'allais flancher. Pourquoi renoncerais-je à poursuivre mon autobiographie? Il m'arrive de croire que le placenta serait un jumeau que j'ai tué afin de m'en nourrir. Mon autobiographie est une sorte de placenta, un jumeau symbolique. Ou peut-être faut-il que je nourrisse le placenta avec mon autobiographie? Ce placenta, c'est mon cauchemar. Je ne peux rien faire sans lui. Il prélève au passage une commission de 10 % sur l'oxygène que m'envoie ma mère. Oui, je crois que c'est lui qui exige que je m'occupe de mon autobiographie. Il la filtre et n'en fait parvenir que ce qu'il veut à ma mère, laquelle, pas prévenue, laisse tout s'échapper.

J'aurais dû me montrer plus réfléchi. Maintenant, il y a cet écrivain qui tourne autour de moi. Il me tanne. Pensez donc! Un portrait de femme en perspective! Il n'en peut plus. Je le sens prêt à tout pour m'arracher cette commande. Il ira jusqu'à m'offrir autant de chapitres que je voudrai dans son livre à condition que je l'autorise à décrire ma mère. La description d'une femme, pour ces gens-là, c'est le summum. Je sais pourquoi. Les écrivains sont d'anciens fœtus qui ne se consolent pas d'avoir raté leur autobiographie à l'époque où ils se trouvaient dans le ventre de leur mère. Pour eux, la littérature est une classe de rattrapage. J'ai l'intuition que toutes les vies humaines ne sont que des substituts d'autobiographies fœtales. J'espère pouvoir le démontrer un jour, si je nais. En attendant, il faut que je calme cet écrivain. Les écrivains!

Ils publient des livres qu'ils intitulent *La Joie de vivre*, ouvrages dans lesquels se trouvent des phrases comme : « Hors de la vulve, la main de l'enfant pendait. » Nous, fœtus, nous n'apprécions pas cela, pas plus que nous ne digérons la suite : « Des excréments jaillirent, l'enfant tomba dans un dernier effort, sous une pluie de sang et d'eaux sales. » Non mais! Dans un dernier effort! Au moment où l'un des nôtres, au contraire, est excédé par les premiers efforts que sa nouvelle vie lui demande! Cette expression : « dans un dernier effort », est la preuve du mépris dans lequel nous sommes tenus. Dès qu'un fœtus se métamorphose en nouveau-né, on voudrait qu'il oublie qu'il a été un fœtus. Comme si le moindre adulte n'était pas un fœtus agrandi! Il y a de quoi épiloguer. Je le ferai mais ce n'est pas le moment. Qu'est-ce qu'ils s'imaginent, les êtres humains? Ils nous doivent tout. Je ne crois pas qu'ils oseraient prétendre le contraire.

Leur empressement auprès des nourrissons et leur peu de curiosité à l'égard des fœtus me dérangent. Ce serait pour des raisons morales, disent-ils. Ils s'interdisent de traiter les fœtus dont ils sont les pères et les mères comme ils traitent, c'est-à-dire maltraitent, les fœtus des rongeurs de laboratoire. Incapables de se souvenir de ce que fut leur vie quotidienne de fœtus, ils se donnent bonne conscience en harcelant les nourrissons. Ils se livrent à des expériences sur des bébés dont l'âge varie entre dix minutes et quelques heures afin de voir si ces bébés vont tourner la tête du côté où on fait du bruit et s'émerveillent, écrivent des articles, donnent des conférences parce que soixante-quinze pour cent des bébés ont tourné la tête du bon côté, prouvant qu'à peine nés, juste le temps de faire l'expérience, ces petits Mowgli ont le sens de l'espace. Je m'inquiéterais plutôt pour le quart des bébés qui ont regardé de l'autre côté mais ce sont peut-être eux qui ont raison : leur comportement prouve qu'ils n'aiment pas le bruit.

Nous, fœtus, notre destin nous force à naître. Les êtres humains sont persuadés que nous avons envie de les rejoindre. Notre but n'est pas cela du tout. Notre but est de nous développer dans le ventre de notre mère et de l'entraîner avec nous dans la mort. Nous en rêvons souvent. Pourquoi, me direz-vous, les fœtus renoncent-ils à tuer leur mère? C'est une question embarrassante. Je la laisserai en suspens, ayant signalé qu'il s'agit plutôt d'un rêve. J'avais d'abord dit « un but » mais qui peut se vanter d'atteindre son but?

Nous, les fœtus, on a une grande envie de mourir. J'emploie ce verbe pour l'avoir entendu prononcé par ma mère. Cette envie de mourir est une chance. C'est quand elle devient trop forte que nous finissons par décider de naître, afin de garder notre indépendance. J'ai entendu dire que les contractions utérines jouaient aussi un rôle mais je crois que les êtres humains ne savent pas grand-chose sur ces questions. Ils comprennent mieux l'accouchement de la chèvre ou de la chienne. Moi-même, je suis encore un peu jeune pour bien comprendre. En tout cas, les réactions d'un bébé de dix minutes ne sont ni le résultat, ni la conséquence ou l'effet de ce qu'il aurait acquis pendant sa vie de fœtus. Je révèle ici que les bébés jouent la comédie. Leur vie de fœtus les y prépare. Que les adultes acceptent d'être dupes, c'est inexplicable, mais c'est clair. Les fœtus, une fois nés, connaissent le risque qu'il y a à rompre avec la réalité sociale. Il est mal vu de ne pas être celui pour qui on vous prend. Les bébés réussissent à persuader leur mère qu'ils sucent leur pouce pour remplacer la tétée alors qu'ils sucent leur pouce pour de tout autres raisons : ils le suçaient avant de naître.

Le sucement du pouce me conduit à traiter

un autre sujet : la masturbation. Je ne sache pas de jeune mère qui ait exhibé son premier-né en disant : « Regardez, il se masturbe déjà ! » Il en aura fallu du temps pour que les parents se fassent à l'idée que leurs nourrissons se masturbent, et comme ils veulent que leurs enfants leur soient redevables de tout, ils ont commencé par dire qu'un bébé se masturbe si, et seulement si, sa mère lui a au préalable excité les parties génitales en le lavant ou en le caressant. Ils préféreraient mourir plutôt que d'admettre que leurs petits anges se masturbent et se permettent d'avoir des fantasmes pendant ce temps-là. Je trouve normal qu'un bébé de quelques mois se risque à se masturber puisqu'il l'a déjà fait avant de naître. Nous, fœtus, nous nous masturbons le nombril, l'anus, le nez, les oreilles, le sexe, avec le doigt ou avec la main, ce qui n'est pas d'une simplicité enfantine. Je dirai aux parents : nos fantasmes ne sont pas les vôtres. Après la naissance, j'imagine que les bébés se masturbent de moins en moins parce qu'ils découvrent la civilisation. Ils ont à répondre à une certaine attente. Quand un fœtus a choisi de naître, sa seule porte de sortie est d'avoir l'air d'un bébé.

Je passerai par là, moi aussi. Un jour, je

serai un bébé. Ce sera pour séduire ma mère qu'une conduite différente affolerait, je le crains. Ajoutons qu'il y a intérêt à avoir l'air fragile à cause du père. Les pères ne sont pas fous des fœtus, c'est connu. Ils ne s'attendriront que sur un bébé qui ne leur fera pas d'ombre. Une théorie qui me semble pertinente veut que la verge à l'intérieur du vagin soit ressentie comme si c'était un fœtus qu'on venait d'introduire là. Pareille hypothèse a dû être émise par des hommes. Elle ne devrait pas déplaire aux femmes. Je me demande ce qu'en penseraient mes parents s'ils la connaissaient. Je parie que mon père n'aimerait pas qu'on lui dise que son sexe en érection est un fœtus par intérim. Et ma mère? Je suppose que le fait d'avoir à sa disposition un ersatz de fœtus la distrairait agréablement. Il ne faudrait pas qu'elle aille jusqu'à confondre fœtus et fétiche. Fétiche ne puis, fœtus je suis.

Le fouillis de mes pensées préfigure-t-il celui de la vie qui m'attend? Beaucoup de mes idées dépendent de ma mère et de l'oxygène qu'elle m'octroie. Grâce à elle, je suis intégré à l'espèce humaine. Quand je me fie à mon système nerveux autonome, je me sens différent. Les microcircuits dans lesquels circulent mes informations ne sont pas toujours encombrés de messages bizarres, de mains sans pouce, de crétins goitreux, de femmes en train de téter leurs propres seins pour se donner l'illusion qu'elles sont à la fois la mère et l'enfant. J'avais jadis un tube nerveux primitif dont j'ai laissé les cellules se multiplier. En ce moment, je fabrique au moins deux cent mille cellules par minute. Elles sont affolées. Il y a dans ma tête un remue-ménage de neurones auquel je n'aurais jamais cru. Ils surgissent, ils vont et viennent, ils cherchent où s'arrêter. Ils réclament du nouveau qu'il faut bien que je leur donne. Je les nourris avec la mémoire que j'ai et qui ne leur suffit pas, bien que ma mémoire soit quasi sans limites.

Je me souviens de tout ce qui est arrivé. Je connais des milliers de dieux et de déesses et je peux me souvenir du temps qu'il faisait à n'importe quelle époque. J'ai connu les périodes glaciaires et j'ai observé des aurores boréales qui duraient deux cents heures. J'ai été un ver luisant et j'ai volé à la recherche de femelles lumineuses. J'ai été un taon aveugle, un triton vulgaire, un geai commun. J'ai été un insecte aquatique qui ne savait pas nager. J'ai été un papillon monarque. J'ai vécu dans la vermoulure du tronc d'un vieux chêne. J'ai été un lézard vivipare à la gorge bleue. J'ai été un animal nocturne et j'ai mangé des racines comme un porc-épic. J'ai été un lapin à oreilles courtes sur les pentes d'un volcan. Quand j'étais un guépard, j'ai couru à plus de cent kilomètres à l'heure. J'ai été toutes sortes de singes et c'est à mon corps défendant que je ne suis plus un gibbon. Il faut avoir été gibbon pour trouver que les danseurs sont un peu macaques.

J'ai parlé toutes les langues, le syriaque et l'araméen du Talmud de Babylone. Je pourrais expliquer les mystères de la langue étrusque, il suffirait qu'on me le demande. J'ai parlé le sabir des ports méditerranéens, le chinook des trappeurs, le russenorsk des pêcheurs du Pôle Nord. J'ai parlé Negro French en Louisiane et pidgin-english au Cameroun. J'ai su que « chapar bourrico » veut dire « voler un âne ». Je fus un âne. J'ai brait. J'ai chanté avec les pygmées pendant la saison sèche, au retour de la pêche. J'ai joué de tous les instruments à cordes dans le désert et dans les villes. J'ai joué de tous les instruments à vent, du shô, du shehnai, du ney. J'ai l'impression d'avoir tout entendu, tout vu, tout connu. J'ai conduit des bœufs dans la basse Mésopotamie. J'ai pleuré quand brûlait la synagogue de Ibn Ezra. La Bible, c'est moi.

Les prophètes, c'est moi. Je les évoque parce que beaucoup de gens les connaissent mais j'ai aussi écrit beaucoup de choses que tout le monde a oubliées.

J'ai envoyé des lettres qui se sont perdues lors de naufrages, j'ai écrit des hymnes qu'on a interdit de réciter, je fus l'auteur de textes apocryphes, de poèmes obscènes, de syllabaires, de notices nécrologiques, de pièces de théâtre, de slogans. Je me suis servi de cordelettes à nœuds et de bâtons à encoches pour m'aider à me souvenir ou à compter. Je me suis servi des écritures magiques. J'ai utilisé les runes danoises et l'écriture ogamique dont les lettres ressemblaient à la forme qu'ont les arbres en Irlande. J'ai appris et récité par cœur l'alphabet phénicien. Je me suis identifié à tous les personnages dont je rencontrais le nom. Je copiais ces noms et je devenais ces personnes. Je fus l'un des premiers à écrire avec une plume d'oiseau sous le règne d'un roi ostrogoth. Je fus aussi ce roi d'Afrique que des colons allemands forcèrent à inventer une écriture. J'aurais voulu ne jamais écrire et être le premier des vertébrés qui s'aventura hors de la mer. J'ai été l'un de ces vertébrés et je me souviens de l'époque où il n'y eut qu'un seul continent sur la croûte terrestre.

Je fus ministre, je fus esclave. J'ai tué et j'ai été tué. Je fus torturé, défiguré et je fus aimé. J'ai été un nomade, j'ai été un vagabond, j'ai gardé des troupeaux, je fus un pèlerin, je fus un homme qu'on traita comme un chien. J'aime mes souvenirs mais je voudrais en avoir d'autres. Ceux-là ne m'appartiennent pas et je les dois à mes familles. J'ai trop souvent vécu du côté de ceux qui savaient, détenaient ce savoir et s'en servaient. Je voudrais n'avoir jamais eu de pouvoir. Je voudrais que mes aïeux reprennent les souvenirs qu'ils m'ont donnés. Je voudrais n'avoir eu qu'une seule vie, n'avoir parlé qu'aux étoiles et n'avoir confié mes rêves qu'au soleil. Je voudrais n'avoir jamais été sédentaire, n'avoir jamais cultivé la terre mais l'avoir remerciée pour ce qu'elle donnait sans qu'on ait à le lui demander. Je voudrais avoir été toutes les femmes que j'ai vues, toutes celles que j'ai voulu revoir et toutes celles qu'on m'a donné envie de voir à force de m'en parler. Devenu celle qui me plaisait, comment lui aurais-je plu? Devenu femme, aurais-je libéré des hommes de leur désir? Je ne me souviens que des moments où je fus un homme. Comment se fait-il que je sois un mâle? Il aurait suffi d'un autre spermatozoïde. Qui a fait la sélection? Je ne pense pas que mon père ait pu s'en mêler. Si c'était le hasard, comment m'expliquera-t-on que, dans notre espèce, le nombre des hommes et celui des femmes ne diffèrent pas de façon extravagante? Est-ce pour cette raison que des machines sont alimentées en 0 et en 1? N'ai-je pas entendu que zéro et un font deux? Je suis du côté des zéros. Ma mémoire ne me fait ressasser que des vies masculines. Ce berger qui disperse des braises, ce guerrier toltèque, cet espion osque, ce potier bourguignon, ce fut moi, moi, moi, moi. Je fus parfois un embryon dont on se débarrassa.

J'ai tenu une épicerie à Prague et un tripot à Singapour. Ce violoniste vénitien, ce clochard new-yorkais, c'est moi. Surcouf, c'est moi. Erik le Rouge, c'est moi. Sitting Bull, c'est moi. Ce penseur qui eut la tête coupée et à qui les soldats coupèrent ensuite la main qui avait écrit, c'est moi. Nijinski aussi, c'est moi. Je fus un fou. Je fus un jardinier. J'ai travaillé dans les jardins du Daitoku-ji et j'ai dessiné un étang à l'est du fleuve Katsura. Le dirai-je? Alexandre le Grand, c'est moi. Dom Pérignon, c'est moi. J'ai été un explorateur. Mahâbhijnajnânâbibhu, c'est encore moi.

Il n'y a pas de quoi se vanter. N'importe

quel fœtus pourrait dire la même chose. Il faut en profiter. Après la naissance, nous serons réduits à n'être que nous-mêmes, corps qui respire et qui a froid ou faim. Il n'y aura plus que l'orgueil de nos parents pour nous soutenir et cet orgueil peut manquer. On n'est pas Alexandre le Grand tous les jours. Un bébé n'a qu'un nom, c'est celui qu'on a bien voulu lui donner. En attendant, nous ne savons pas qui nous sommes. C'est en se persuadant qu'il est multiple que le fœtus s'apprête à devenir unique. Il tue peu à peu et un à un, minute par minute, tous ceux qu'il fut. Devenir soi-même n'est pas rien et les fœtus savent bien qu'ils n'y arriveront jamais, intoxiqués dès la première heure par les idées que se font les parents à leur propos.

Quand ma mère pense à moi, elle ne veut pas que je sois un personnage inventé. C'est énervant. Je ne suis pas d'accord avec elle. Je connais l'histoire de Robinson Crusoé, celle d'Hamlet. J'ai des affinités avec ces deux-là. J'aurais voulu être un fœtus shakespearien. Ma mère ne veut pas. Je trépigne mais le placenta n'arrange pas les choses. Je n'ai qu'à me nourrir, grandir et la boucler.

Nous, les fœtus, au fur et à mesure que notre corps se développe, et si nous tenons à nous épanouir, nous sommes obligés d'échanger nos souvenirs contre des cellules. Notre mémoire se convertit en millions de neurones. Est-ce que nous perdons nos souvenirs une fois pour toutes ou bien resteront-ils là, cachés, à l'affût, déguisés en neurones, métamorphosés en organes, en membres, en muscles? Retrouverai-je un jour le passé qui fut le mien, le passé des miens, dans mon squelette, dans des cellules capsulaires ou des fibres nerveuses? On retrouve bien des microfossiles d'algues ou de bactéries dans le sol.

Mes souvenirs s'estompent. J'en mentionne quelques-uns avant qu'ils ne disparaissent. Il m'en reste peu d'autres. Je n'ai pratiquement plus un seul souvenir visuel. Je sais que j'ai vu des volcans en éruption : ils noircissaient tout l'horizon mais je ne me souviens que d'un rougeoiement qui est peut-être celui de mes paupières. Je ne retiens plus de noms propres à part les sept ou huit que j'ai mentionnés. J'ai porté des prénoms qui, je l'espère, me permettront d'être l'ami de ceux qui les porteront à leur tour. Au moyen âge, je fus baptisé *Oliver*. Un de mes amis s'appellera-t-il Olivier? J'ai oublié des rencontres que j'ai faites, des décisions que j'ai prises, des peurs que j'ai eues.

Ces souvenirs me nourrissent-ils à mon

insu? Il faut l'énergie de nombreux morts pour faire un seul vivant.

Je brade des milliards de souvenirs dans le but d'acquérir des milliards et des milliards de cellules. Comment pourrais-je vivre, ou survivre, avec le poids de mon immense passé? Je gagne au change. Où finit le passé, où commence la vie?

La vie que j'aurai sera-t-elle l'occasion de récupérer mes souvenirs comme on récupère ses forces? Je suppose que la curiosité sert à cela, mais je n'aurai pas le temps de rattraper mes souvenirs, à moins de me ressouvenir de temps en temps de tout, en bloc et par hasard. Ce ne seraient que des souvenirs de souvenirs : je n'en veux pas, je préfère en créer d'autres. Mes souvenirs seront modernes, hardis. Le déjà vu est tuant. Je ne suis pas excité par la perspective de venir au monde sous la protection et avec les encouragements d'autres vies que celle qui me revient. J'inventerai la vie qui m'est due. Je la vivrai avec le corps qui m'est fourni en ce moment. Je sais que je joue un rôle effacé dans la création de mon corps. Je sécrète de la bile, de l'insuline, ce qui veut dire que j'ai un ventre. Mon corps est rempli de canaux. J'ai deux reins mais j'aurais pu n'en avoir qu'un ou aucun : dans ce cas, je serais né quand même, je ne serais mort qu'après. La vie que je mène n'est pas la mienne : c'est celle d'organes qui ne savent rien. J'allais m'instituer le gardien de mon corps comme si j'étais apte à le surveiller. Il fait ce qu'il veut. Les fonctions de ce corps ont plus d'importance que mes états d'âme. Alors que je me prenais pour le corsaire Surcouf, mon corps s'occupait en silence de fermer les plis urétraux de mon sexe, m'évitant de naître avec une fente au milieu du pénis. Je ne dépends que d'ouvertures et de fermetures. Si mon anus ne s'ouvre pas, le rectum va communiquer avec la vessie et je pisserai de la merde. Si j'étais une femme, j'aurais le vagin plein d'excréments. L'œsophage aussi peut se boucher. Je n'avalerai rien et ma mère s'affolera : elle aura un ventre gonflé de liquide. Si ma trachée s'était terminée en cul-de-sac, je n'aurais pas eu de poumons, organes bien utiles même à un petit fœtus.

Les êtres humains disent que la vie est apparue sur la croûte terrestre il y a plus de trois milliards d'années. La question que je pose est : quelle vie?

Quand l'être humain aura disparu, est-ce qu'on dira que la vie a disparu? Et qui le dira? Il y aura des machines pour s'en charger. Elles n'iront pas dire que la vie a disparu. Elles se montreront plus subtiles. Elles se reproduiront et prouveront que la vie continue, une vie qui ne ressemblera plus à la nôtre. Ces machines, voulues par l'homme, auront tôt fait de se débarrasser de lui. Il est clair que l'humanité se sabordera.

L'héritage humain sera recueilli par des machines qui seront asymétriques comme n'importe quel corps vivant et disposeront des informations nécessaires pour évoluer. La vie n'aura embrigadé tant de bactéries, de poissons plats et de primates que pour aboutir à des machines qui étonneront les cerveaux qu'elles détruiront. En vérité, l'homme n'est pas l'avenir de l'homme. *Ahi dolore! Ahi martire!* Rigueur mortelle! Fatalité cruelle! *Ayor! Ayorpok!*

« Ayorpok », qu'est-ce que c'est, ce mot? Il sort de moi mais d'où vient-il? Je sens qu'il existe depuis des milliers d'années. Les machines, qui devront tout à ce genre de mots, les machines qui n'auraient pas existé si les mots n'avaient pas permis de les concevoir, quel sort réserveront-elles à des mots comme *ayorpok?* Je n'en saurai jamais rien. Ce sera dans trop longtemps. La machine qui conserve *ayorpok*, c'est moi. Je crois qu'il s'agit d'une phrase esquimaude. Faut-il que je me fatigue à le vérifier? Je voudrais plutôt dormir. Ces moments où je me mets à envisager le futur d'une humanité à laquelle je ne suis pas encore sûr d'appartenir, me coûtent trop d'efforts. Les fœtus ne sont pas faits pour supputer la date de la fin du monde. Ils se contentent d'admettre que la vie est apparue il y a des milliards d'années, on nous dira bientôt à quelle heure. Peut-on demander l'appui du passé pour faire face à l'avenir qui m'a l'air d'un fournisseur de déceptions? Ou bien devrais-je me poser la question dans l'autre sens et m'assurer l'appui du futur pour supporter le passé? Très loin devant moi, est-ce que des certitudes m'attendent? Je n'ai qu'à m'apprêter à devenir un inventeur de machines. Ce sera plaisant. J'aurai des collègues. Nous travaillerons dans un grand laboratoire tout blanc et nous serons nombreux. Cela me changera du ventre monoplace où je suis enfermé avec obligation de fabriquer de la graisse.

Tout bien considéré, il vaudrait mieux que je me rendorme. Je suis anachronique avant d'être né. Je ne voudrais pas donner l'image d'un fœtus qui se préoccupe sans arrêt de son avenir. Ces moments-là sont exceptionnels. Il est vrai que je ne suis pas loin d'être moi-même un fœtus exceptionnel. Les lecteurs de cette autobiographie ne sont pas forcés de me croire. Je les noie dans du texte mais je leur lance une bouée de sauvetage : le pronom personnel « je ». Ce pronom ne m'intéresse pas. Mes phrases en sont enduites parce que j'ai deviné que ce « je », c'est de la glu. On dépose de la glu sur des bouts de bois pour capturer les petits oiseaux et on se sert du « je » pour piéger qui vous prête attention. Un fœtus qui dit « je », c'est une trouvaille, n'est-ce pas ? Je fais mine de m'installer au centre de phrases dans lesquelles je ne suis pas. Comme je n'y suis pas, il y a une place libre. Je la réserve à tout être humain qui aimera se persuader qu'il fut comme moi, c'est-à-dire comme lui : ayant mené une vie fœtale palpitante. Cela dit, je suis sans illusions. On fera disparaître mon autobiographie quand je naîtrai. C'est l'usage. Les médecins y veilleront. L'hypocrisie consiste à parler d'arrière-faix ou de délivre : placenta, membranes, passez muscade, le tour est joué, on a aussi jeté l'autobiographie. Voici une phrase que j'ai entendue et retenue : « Sous anesthésie générale, une main est introduite dans l'utérus et ramène les débris restants. » Mes rêves et mes souvenirs ne sont que des débris restants pour cette humanité que je suis appelé à rejoindre. C'est du propre. L'hypothèse qu'un fœtus ait des pensées et des fantasmes bien à lui, *quod horrendum est etiam audire*, est insupportable pour les êtres humains. Affirmer qu'un fœtus ne pense pas présuppose, me semble-t-il, que cela a un sens de dire qu'il pense.

Si un être humain est un jour confronté à mon témoignage, il sera conduit à se mettre à ma place. Il redeviendra fœtus. Se souviendra-t-il qu'il fut ce que ses propres médecins appellent un zygote, une sorte d'animalcule qui a hésité pendant quelques jours avant de choisir un endroit où s'implanter dans la muqueuse utérine de sa mère, et non sans avoir négocié avec elle? Je parie qu'il ne voudra pas se souvenir. A sa place, je n'aimerais pas me souvenir. Mais, ce n'est pas moi qui suis à sa place, c'est lui qui sera à la mienne. Je ne m'y retrouve plus. Laissons glouglouter ces adultes qui ne demandent qu'une chose : que je me dépêche de devenir l'enfant qu'ils sauront dresser.

Quand je pense que des chercheurs s'efforcent en ce moment même (c'est mon père qui le dit) de revivifier la civilisation gallo-galiléenne dans laquelle seraient nos racines.

Il paraît que la décadence est le fait d'une civilisation gréco-latine. Je ne comprends pas pourquoi il faudrait opposer la Gaule et la Galilée à la Grèce et à l'Italie. On va chercher les poux là où ils ne sont pas. Que veut-on prouver en mettant en opposition les druides et les stoïciens, les douze petits prophètes et les douze César? Que quelqu'un aurait été mieux que quelqu'un d'autre? Je mène une vie trop solitaire pour apprécier l'intérêt d'une telle question. Je ne devrais même pas m'en occuper mais je suis attentif malgré moi aux choses que j'entends. Je réagis, je sursaute, je me passionne, je m'énerve. Mon foie diminue de volume. La cavité abdominale se développe. Je sens plein de rotations d'organes dans mon ventre. C'est plus important que de savoir si Jonas dans sa baleine s'y trouvait mieux que l'empereur Vespasien dans ses vespasiennes. Quand je naîtrai, je crierai : « Vive l'anatomie! A bas l'Histoire! » On me répondra ce qu'on voudra. Druide et philosophe grec avaient tous les deux un pancréas et un cortex préfrontal. D'accord, ce n'est pas un argument. Je sais : il y a aussi l'usage qu'on en fait. Et nous revoilà dans des problèmes de civilisation. Ces problèmes ne sont pas les miens. Je les envoie au diable, les civilisations. Ce qui compte, pour moi, c'est ma mère. Je voudrais savoir qui elle est. Je tiens à savoir qui elle est afin de m'en démarquer. Je ne veux pas tomber dans des identifications à une mère elle-même narcissique. On ne fera pas de moi un enfant grécolatin. Je ne tiens pas non plus à me lancer dans des jérémiades à la Job : « Périssent le jour où je suis né et la nuit où on a dit qu'un enfant mâle était conçu. »

Je me suis renseigné sur ce Job. C'est un homme qui a réussi à dialoguer avec Dieu. Avant ce dialogue, il possédait sept mille brebis et trois mille chameaux. Après, quatorze mille brebis et six mille chameaux. Assurément, il n'est pas inutile d'adresser la parole à Dieu. Encore faut-il avoir de la place pour caser tous ces ruminants. Quand je parlerai à Dieu, je lui demanderai un petit chat noir. Pourvu que je puisse parler et que j'aie la langue bien séparée du plancher de la bouche. Je suppose que les chirurgiens sont capables de sectionner le frein qui empêcherait ma langue de bouger.

Job, lui, avait la langue bien pendue. Il disait que l'homme, à peine né, est coupé comme une fleur. Un autre qui ne fut pas mal non plus, c'est Jonas. Il a été avalé par un gros poisson, à mon avis par une baleine. Et il s'est mis à parler dans le ventre de la baleine. Il m'est sympathique car j'ai déjà pensé que j'étais moi-même un baleineau. Un baleineau passe un an et demi dans le ventre de sa mère avant de se décider à naître. Il pèse alors une tonne. Si j'étais un nouveau-né d'une tonne, on s'extasierait devant moi. L'histoire s'est terminée autrement pour Jonas : il fut vomi par la baleine. Il est sorti par la bouche, lui. Ma mère n'est pas un poisson. Job et Jonas, la vie de ces deux individus est racontée dans un livre qui s'appelle la Bible. Il y a aussi un texte de moi dans ce livre mais ce n'est pas ce que j'ai fait de mieux, une petite épître dans laquelle je conseillais de résister à l'entraînement des passions, ce qui est une erreur, je l'ai appris depuis. J'ai beau trouver ridicule que des êtres humains craignent un Dieu quelconque parce que ce Dieu les a conduits comme Job, sur une litière et des déjections, ou comme Jonas, dans l'appareil digestif d'un mammifère aquatique, je constate que je ne peux pas m'empêcher de penser à eux, bien que ma situation soit différente de la leur, Dieu n'étant pas mon problème. La question de Dieu ne se pose qu'à ceux qui sont capables de lui parler. Il faut que l'appareil respiratoire fournisse le courant d'air indispensable. Sans vibrations de la glotte, est-ce que Dieu existerait? Un nourrisson qui devient sourd renonce vite à produire des sons parce que ses oreilles ne lui permettent plus de jouir du bruit qu'il émet. Peut-être Dieu n'est-il que la jouissance qu'on éprouve à s'écouter parler de lui? Ce plaisir m'échappe. Je ne parle pas.

Ce n'est pas Dieu qui me parle : c'est ma mère. Je l'écoute. En ce moment, elle se tait. Elle m'intrigue. Je me demande si elle n'est pas espagnole. Elle écoute sans arrêt du flamenco. On se croirait dans un *café cantante* en Andalousie. Des hommes chantent avec une voix rauque. Ils forcent leur voix, la cassent; ils hoquettent. Vais-je découvrir que je suis le descendant d'une famille mozarabe? Suis-je un gitan? Je vais vous confier quelque chose : en vérité, je crois que ma mère est une Esquimaude.

Une Esquimaude écouterait-elle du flamenco? Pourquoi pas? Pourquoi la radio groenlandaise ne diffuserait-elle pas du flamenco sur ondes courtes? Il suffit d'un transistor assemblé en Corée du Sud et vendu dans le Grand Nord pour que je me retrouve dans un igloo, local où on se sent plus à l'aise que dans l'estomac d'une baleine. J'aime les igloos. Il y fait très chaud. On peut s'y mettre nu. Les blocs de glace, colmatés avec de la neige, deviennent vite transparents. A midi, il fait nuit mais la lumière de la pleine lune pénètre à travers les parois de l'igloo et se mêle aux lueurs des lampes à huile. On rentre et sort à quatre pattes par un tunnel étroit qui est là pour empêcher qu'un ours blanc ne fasse irruption et mange tout le monde pendant qu'on dormirait.

Quand arrive l'été, le soleil ne se couche plus. On oublie que quelque chose comme la nuit a pu exister. La banquise fond. On ne se déplace plus avec la même insouciance. Il y a de nouveau une séparation entre les îles et les mers côtières. Les moustiques se remettent à pulluler.

Sans doute ai-je eu une arrière-grand-mère qui cousait les vêtements de sa famille avec une aiguille taillée dans un os d'aile de mouette. Elle préparait de la langue de phoque à son mari pour qu'il ait un sexe vigoureux. Mes aïeux furent des chasseurs de phoques dont la peau les protégeait du froid et dont la graisse leur permettait de s'éclairer. Ils ne mangeaient que de la viande crue et ils affrontaient le blizzard avec leurs chiens. Je n'aurais pas aimé ces chiens. Ils ont toujours eu tendance à dévorer les bébés esquimaux.

Mes aïeux apprenaient à leurs enfants à être cruels avec les petits chiens qui venaient de naître, au lieu de jouer avec eux, afin que, plus tard, les chiens les craignent. Tombé devant son propre attelage après avoir fait un faux pas, un Esquimau adulte fut aussitôt déchiré et dévoré par des chiens dont il se croyait le maître.

Donc, j'ai du sang esquimau. Penser à un kayak me met en joie. Je m'imagine en train d'en construire un avec du bois apporté par les courants marins. Je l'aurais garni d'ivoire de narval. Les peaux de phoque tendues n'auraient laissé qu'un trou fait à ma taille et j'aurais été le seul à pouvoir entrer dans mon kayak. J'aurais fait corps avec lui. Je me serais lancé sur l'eau avec mon harpon.

C'est une vie que je ne connaîtrai pas. Mes ancêtres ont cru bon de fraterniser avec des trappeurs, avec des Blancs. Ils ont accepté de fumer l'opium que leur apportaient des Américains. Drogués, on leur volait leurs peaux d'ours et de renards. Ils ont accepté des marmites en fer-blanc. Ils ont quitté le Groenland, ils sont arrivés à Frobisher Bay, ils se sont retrouvés dans les territoires du Nord-Ouest canadien. Ma grand-mère fut séduite et abandonnée par un membre de la Police

Montée ou par un pasteur anglican, à moins que ce ne soit déjà mon arrière-grand-mère, celle qui allumait le feu avec des racines de saules centenaires, des saules dont les racines, après un siècle ou deux, n'étaient pas plus grosses que le doigt.

Mes grands-mères n'ont pas été tuées quand elles étaient petites, sinon il est clair que je ne serais pas là. Mes ancêtres esquimaux, quand ils risquaient la famine, tuaient leurs plus jeunes enfants et choisissaient de tuer plutôt les filles, car les garçons deviendraient des chasseurs. Si des jumeaux naissaient, les parents prenaient peur et les tuaient tous les deux. On les étouffait avec de la neige dans la bouche. Il semble qu'il y a des circonstances, dans la vie, où il est préférable d'être un fœtus mâle et solitaire.

Né garçon, si ma famille était restée dans l'île d'Igloolik, dans la péninsule de Tuktoyaktuk ou à Repulse Bay, m'aurait-on élevé comme un futur chasseur de caribous? Des Blancs seraient venus construire leurs stations météo, leurs radars et des aéroports pour leurs Twin Otter qui décollent et atterrissent dans la nuit polaire.

Peut-être dois-je me préparer à naître dans un igloo. Je n'en sais rien. Je sais quand même qu'il n'y a presque plus d'igloos mais des baraques peintes en orange ou en rose. Me montrera-t-on du doigt à l'école : « C'est un Esquimau ? » Les fœtus connaissent mieux le passé que l'avenir. Un fœtus est un historien. Il décrit le présent, se passionne pour le passé et n'éprouve que de l'angoisse à propos du futur, ou s'en moque. C'est ce qu'on dit chez les Esquimaux : « Demain est demain. »

Les bruits que je perçois, je veux bien croire qu'ils proviennent du ventre, du cœur et des poumons de ma mère, mais ces bruits me rappellent des tempêtes de neige. J'entends les rafales du vent qui souffle à cent kilomètres à l'heure. J'entends les chiens qui hurlent, le fouet qui claque. J'entends les rires de Kralalaq, ma grand-mère. On ne l'a pas enterrée puisque le sol est gelé. Nous avons posé des pierres sur son corps. Ensuite, tous les membres de la famille allaient régulièrement s'entretenir à voix basse avec la morte. Je l'ai fait. Et quand je naîtrai, je crierai. Je pousserai ce cri pour demander qu'on me donne un nom.

On me donnera un nom qui aura été porté par un mort et, tant que je serai petit, on me respectera parce que je ne serai pas seulement un enfant qui ne sait rien mais aussi cet ancêtre expérimenté avec qui je partagerai un nom.

Ma mère me donnera-t-elle le nom d'un ancien sorcier, d'un chaman? M'appellerai-je Qraqutsiaq? Pourquoi m'occuper de mon nom alors que je ne sais pas celui de ma mère? Je suis en train de confondre l'intérieur de son ventre avec celui d'un igloo. Je suis prêt à faire du kayak à la surface du liquide amniotique. Les Esquimaux protègent leur visage du froid en coinçant entre leurs lèvres une queue de renard : ne suis-je pas en train de faire la même chose avec mon pouce, à moins que ce ne soit le cordon ombilical?

Il est essentiel que je sache qui est ma mère et j'en reviens à la question que je me suis déjà posée : devrais-je demander à l'écrivain qui s'est occupé de moi de me la décrire, ou continuerai-je tout seul à chercher?

7

Ma mère est née à Uranium City, au bord du lac Athabasca, dans une maison en bois dont je souhaite qu'elle ait gardé des photos. Ses parents avaient prévu de la faire naître sur la rive canadienne du lac Ontario, dans un hôpital où ils connaissaient quelqu'un mais ma mère choisit de naître avant le terme normal de la grossesse. Elle fut une petite prématurée de sept mois et demi et il fallut tout de suite faire attention à ce qu'elle ne se refroidisse pas. Il y avait heureusement des fenêtres à double paroi dans la maison occupée à l'époque par ses parents. A sa naissance, on pensa lui transfuser du sang frais car elle avait du mal à fabriquer elle-même son sang, mais ce ne fut pas nécessaire. On la surveilla. Sa mère l'allaita. Elle s'en sortit très bien et elle garda son sang. Il est important de noter qu'il y avait un peu de sang esquimau dans ses veines.

Son père venait de Québec, où il était né dans la basse ville. Sa mère était la fille d'une Esquimaude de Gjoa Haven qui avait épousé un ingénieur originaire de Grand-Mère, une localité du Québec. Ma grand-mère avait été ouvreuse dans un des cinémas les plus septentrionaux du monde. C'est à côté de ce cinéma, au *Porcupine Bar*, qu'elle se laissa séduire par son futur époux, un ingénieur qui s'occupait de tracés de routes et de forages de puits. La vraie Esquimaude de la famille, mon arrière-grand-mère, ayant reçu des mains d'un Oblat de Marie Immaculée la grâce du baptême, s'appelait Marie. Elle appartenait à une tribu d'Esquimaux dont deux membres avaient tué à la hache un missionnaire et avaient mangé son foie, abandonnant les jambes et les bras à leurs chiens affamés. Je crois qu'il y eut un procès : les deux Esquimaux furent condamnés à mort et le vicaire apostolique du Mackenzie, invoquant son titre de père des religieux assassinés, voulut faire comprendre aux condamnés les beautés de la religion. Il obtint que la peine de mort soit commuée. Les meurtriers finirent par retrouver leur tribu où les enfants s'amusaient à se déguiser avec les restes des chasubles du mort. Cela se passa dans le Barren Land : la Terre stérile.

A Uranium City, il y a un aérodrome d'où ma mère, âgée d'un an, partit avec ses parents pour Yellowknife. Ils survolèrent le lac Deskenatlata. La ville de Yellowknife est le centre administratif des territoires du Nord-Ouest canadien. Cette ville doit son nom à une tribu d'Indiens, les Couteaux-Jaunes, qui se servaient de longs couteaux de cuivre qu'ils faisaient tremper dans le sang bouillant de caribou. Il y avait des gisements de cuivre à fleur de sol. C'est à Yellowknife, agglomération de quelques milliers d'habitants, que ma mère commença d'aller à l'école, à moins de cinq cents miles du cercle polaire, de l'*Arctic Circle*, disait-elle, car elle fut d'abord éduquée en anglais.

A sa naissance, ses parents avaient donné à ma mère le prénom de Nerrévik. C'est le nom d'une déesse des Esquimaux. Cette déesse vit, je crois, sous l'eau. Je ne suis pas bien renseigné. Je sais, en tout cas, que Nerrévik est le nom de ma mère. J'espère que ce nom lui a été donné pour rétablir l'équilibre et se venger du prêtre qui avait baptisé Marie une petite fille qui, sans lui, se serait appelée Tapitsa.

Un miracle vient de se produire et je ne m'en suis pas rendu compte : je connais le nom de ma mère. J'étais prêt à tout pour qu'on me le dise et je l'ai trouvé tout seul. Je suis heureux.

Nerrévik se mit à apprendre le français quand son père, ses travaux terminés, rapatria la petite famille au bord du Saint-Laurent. Je crois qu'elle n'a jamais beaucoup aimé son père. Elle a tort. Sans lui, elle serait maintenant postière à Umingmaktok ou entraîneuse dans un de ces nombreux baraquements construits depuis que des oléoducs traversent la toundra canadienne. Elle regrette que son père soit revenu dans une grande ville. Elle aurait voulu passer sa vie au bord du Grand Lac des Esclaves. Elle se souvient des arbres qu'il y avait là-bas. Elle les aimait. Elle dit qu'elle aurait mené une vie plus heureuse si elle n'avait jamais su qu'il existait des villes, si on ne les lui avait jamais montrées. A présent, c'est trop tard. Elle est intoxiquée.

Elle avait poursuivi ses études à Québec après avoir quitté pour toujours le territoire des Couteaux-Jaunes. C'est lors des grandes vacances avant d'entrer à l'université, dans un avion qui s'apprêtait à décoller de Repulse Bay, qu'il y eut un coup de foudre réciproque entre ma mère et un Français qui la persuada de partir avec lui pour la France. Elle aurait dû rester au Canada. Sans ce Français, elle vivrait à l'heure qu'il est dans le Saskatchewan, sa province natale.

L'Europe m'ennuie d'avance. Je subodore un continent vieux, rabougri. Je vais naître sur le territoire français et je n'y couperai pas : je serai français. Ce n'est pas déshonorant mais, aurais-je eu mon mot à dire, j'aurais préféré voir le jour à Chicoutimi ou à Flin Flon, dans les monts Chic-Chocs ou à Chute-aux-Outardes, à Poste-de-la-Baleine, à Caribou Hide, Winnipeg Beach, Embarras Portage, des noms qui font, sur un passeport, plus d'effet que *Paris*.

Et pourquoi ne vais-je pas naître dans le Grand Nord? A cause d'une série de citoyens français dans la vie de ma mère, dont le dernier en date est mon père. Je m'incline.

Serais-je né au bord du lac de l'Ours, j'aurais eu des choses à faire. J'aurais pu défendre la nature contre les visées des foreurs de puits et des poseurs de pipe-line. J'aurais défendu la cause esquimaude. D'ailleurs, dès que j'aurai le temps, j'écrirai pour adhérer à l'Inuit Circumpolar Conference. J'ai leur adresse, ils sont au Groenland, à Nuuk. Dans la vie, il faut se passionner. Je me passionnerai pour les Esquimaux et pour qu'on ne les empêche pas d'échanger leurs femmes. Qu'on ne les force pas à acheter du poisson surgelé s'ils préfèrent chasser le caribou et le manger cru. Je ne prendrai pas la défense des Esquimaux sous prétexte qu'ils auraient besoin d'être défendus mais parce que je devine en moi le besoin d'attaquer ceux qui les attaquent.

Méfions-nous! Pas encore né, voilà que je me sers des verbes « attaquer » et « défendre » qui ne sont que des bizarreries lexicales. Leur usage est-il héréditaire?

Ce sont des verbes dont j'ai dû me servir quand je fus un embryon qui ne voulut pas se développer, suppliant qu'un médecin me fasse disparaître. J'aurais été le fils d'un fou. Je n'ai pas voulu. Les embryons, qui n'auront bien sûr jamais l'intelligence d'un fœtus, sont malins et rusés. Ils prévoient et décident. Ils attaquent et se défendent : ils ne font aucune différence entre ces deux verbes, ils s'en servent pour ne pas avoir affaire à la vie qui leur fait peur, à la vie qu'ils ne tiennent pas à rencontrer.

J'annonce que, si besoin est, j'attaquerai comme un samouraï. Il ne faut pas oublier que les Esquimaux sont venus d'Asie. Ils furent d'abord des chasseurs de mammouths. Entraînés par leurs chiens, ils arrivèrent en Amérique sans s'en rendre compte, à une époque où aucun bras de mer ne séparait les deux continents. J'aime les chiens de traîneaux. Parfois je pense que ma mère est une chienne de neige, peut-être une magnifique chienne samoyède qui me traîne partout. Avec elle, au lieu de manier le fouet, j'adopte une tactique que je recommande à tous les fœtus et qui est la suivante : avoir l'air nonchalant, tromper son monde et partir tout à coup à l'assaut, quand personne ne s'y attend.

En attendant, je ne suis qu'un futur petit Européen. Comment ma mère supporte-t-elle de marcher dans des rues où les chiens sont tenus en laisse? Si on me disait que je vais naître en Pologne, je me sentirais mieux. Citoyen de Bydgoszcz, je pourrais rêver de rendre la liberté à mon pays. Mais la France! Apprendre par cœur *Le renard et le corbeau*! Moi qui aurais pu jouer avec des renardeaux polaires! Naître en France ne s'annonce ni réjouissant ni rajeunissant.

L'Europe n'est pas mon genre. Dès que ma mère attrape par hasard à la radio un bout de musique d'un autre continent, je me réveille, je suis pris, je me sens concerné. C'est une réorientation de mes vésicules cérébrales. Hélas, ma mère s'empresse alors de tourner le bouton.

Il y a pire. Elle a sûrement entendu dire que les fœtus perçoivent des sons et réagissent à la musique. Dans le but de me plaire, elle me torture avec les concertos brandebourgeois, avec la Neuvième Symphonie. Je ne sais plus où me mettre pour éviter ces musiques qui me dérangent. C'est une calamité. Je ne suis pas hostile au bruit que fait cette musique occidentale. C'est l'esprit dans lequel elle est composée, les buts qu'elle poursuit, qui me font horreur.

Sous prétexte qu'un fœtus est sensible à l'élocution de sa mère, la mienne se lance dans des monologues à mon intention, me harcèle, ânonne. Elle encourage mon père à l'imiter. Il s'y met. Quel duo! Ils débitent des niaiseries, tout émotionnés parce qu'ils savent que je les écoute. Si l'inspiration faiblit, ma mère se rapproche d'un haut-parleur et j'ai droit à l'Hymne à la Joie. Qu'elle se calme! Avant, au moins, elle était directe, rapide, elliptique. Elle n'était pas encore endoctrinée. J'aimais à l'improviste des musiques qu'elle écoutait pour son plaisir à elle. Elle me parlait sans le faire exprès, par caprice ou parce qu'elle m'adore. Maintenant, elle s'applique, fait du zèle et m'agace les nerfs.

Qu'est-ce que je viens d'apprendre? On fabrique, paraît-il, des cassettes de musique composée et enregistrée à l'intention des fœtus. Ces cassettes sont japonaises. Mes parents cherchent à s'en procurer une.

Je déclare forfait. J'exige qu'on me ramène dans la toundra. Qu'ai-je fait au Bon Dieu pour que ma mère ait cru indispensable d'accompagner en France un ignorant venu chez nous avec une bourse qui lui permettait d'étudier « les Eskimos » ou plutôt « les Inuit », puisque c'est comme ça qu'on dit? Je connais ma mère. Dans son for intérieur, elle n'avait qu'un souhait : retourner vivre de l'autre côté du cercle polaire. Elle s'est laissé dévoyer par un sociologue bouffi. Elle a préféré le lac d'Enghien au lac Athabasca. Elle a un frère. Elle n'avait qu'à tomber amoureuse de son frère et rester au pays. Son sociologue français ne s'était même pas aperçu qu'elle avait du sang esquimau. Il n'avait même pas entendu qu'elle avait l'accent des Northwest Territories. Il n'avait pas vu que sa chevelure avait des reflets bleutés. Un dur d'oreille avec des écailles sur les yeux, voilà de qui ma mère s'amouracha. Elle avait fini par devoir lui expliquer elle-même qu'elle était d'ascendance esquimaude. Je ne la comprends pas. Un intrigant, un arriviste! Je t'en donnerai, des thèses sur « les Eskimos »! On arrive de Paris, on circonvient une merveilleuse jeune fille, on l'entortille, on lui parle de la tour Eiffel, des châteaux de la Loire, des parfums Guerlain. Je ne comprends pas ma mère. Par bonheur, elle a quitté cet homme assez vite, mais elle est restée en France. Plus tard, elle fit la rencontre de mon père. Mon père, c'est différent à tous points de vue. C'est un homme de goût. Quand il s'adresse à ma mère, il lui dit qu'elle a les yeux clairs, qu'elle a gardé un délicieux accent, qu'elle a de beaux cheveux bleu-noir, des jambes fuselées. Je crois que j'ai une mère éblouissante de beauté. Je suis heureux quand mon père lui dit qu'il la trouve belle. Elle aime être embrassée. Rien que pour l'embrasser à mon tour, je meurs d'envie de naître.

8

J'ai dormi. J'ai dû dormir trois ou quatre heures, le temps à peu près que se renouvelle le liquide amniotique. J'urine en dormant. Mes poumons, de leur côté, sécrètent en permanence du liquide : j'en déglutis une partie.

Je viens d'être réveillé au moment précis où ma mère essaie de s'endormir. Elle est étendue. Elle a des crampes. Elle se gratte. Elle gigote. Je suis obligé d'organiser ma vie en tenant compte de la sienne. C'est comme un contretemps musical. Même si j'arrivais à me rendormir maintenant, je parie que ma mère en profiterait pour se relever. Elle irait fureter dans la cuisine. Elle va aux cabinets dès que j'ai envie de me rendormir.

J'ai eu un cauchemar. J'ai rêvé que je naissais prématurément. Donc, mes testicules n'étaient pas encore descendus. Je ne voulais pas que mes parents me découvrent dans cet état. Je m'entêtais à rentrer dans le ventre de ma mère. Je m'encourageais : « Où le père a passé, passera bien l'enfant. » Je réintégrais le domicile maternel. C'était horrible. J'ai bien cru que je n'y arriverais pas. J'étais transformé en secousses musculaires. Ai-je fait ce rêve pendant mon sommeil paradoxal ? J'ai peut-être inhalé du liquide amniotique et je me suis réveillé, sinon je m'asphyxiais. J'ai eu peur que ma mère n'ait pris des barbituriques ou de la morphine : je ne me serais même pas réveillé. Je sais que je ne respire pas tout le temps mais je respire au moins pendant les deux tiers de la journée. Mes muscles intercostaux fonctionnent. J'ai aussi des hoquets.

Dormir m'a fait du bien. Je mène une vie éreintante. Il me tarde d'être un fœtus proche du terme. C'est ce que voulait dire mon cauchemar. Je veux naître mais j'ai encore trop de souvenirs. Ils ne sont pas tous devenus des cellules. Je crois que mon massif frontonasal est au point. L'ossification se poursuivra après la naissance. Les os de ma tête, c'est de l'écaille, du rocher, du cartilage. Ma tête grandira plus tard, quand j'aurai des dents. Il faudra que je sois né depuis deux ans pour qu'apparaissent mes sinus frontaux. Puisque mon corps ne sera pas terminé quand je naîtrai, pourquoi ne pas naître tout de suite? Mon coccyx est déjà là. Est-ce vraiment important d'avoir des ongles au bout des doigts de pied?

Ah non! Il ne manquait plus que ça! Ma mère vient de mettre « Pierre et le loup »! Est-ce qu'elle a regardé l'heure qu'il est? Elle n'arrive pas à dormir et j'ai eu le malheur de bouger les jambes. Elle croit me calmer en m'assommant avec ce disque que je connais par cœur. Le chat, c'est la clarinette. Le grand-père, le basson. Les coups de fusil des chasseurs : timbales, grosse caisse. « Un beau matin, le petit Pierre ouvrit la grille du jardin... » Il faut que ma mère retourne dans son lit. Bientôt, le loup va attraper le canard et il n'en fera qu'une bouchée. Je déteste écouter cette histoire. Pour qui me prend-on? C'est de la musique pour enfants.

J'entends du bruit. Toc, toc! Qui est là? Quelqu'un a encore oublié sa clé. J'ai droit au rythme berceur de la démarche chaloupée de ma mère qui se lance avec moi dans le corridor afin d'ouvrir grand sa porte à mon père, son amant. Il a une voix de basse chantante. Il dit : « J'avais peur de te réveiller. » Je connais mal la théorie de la valeur des énoncés philosophiques mais, au lieu de dire : « J'avais peur de te réveiller », il aurait pu se poser la question de savoir s'il n'empêchait pas son futur enfant de dormir. J'espère qu'il ne va pas avoir envie d'écouter la fin de « Pierre et le loup ». Il s'attendrit. Il trouve que ma mère s'occupe bien de moi, le lui dit, lui embrasse le ventre, se redresse. Les cheveux bleu-noir de ma mère remplacent ces rubans de chapeau qu'on appelait des suivez-moi-jeune-homme. Attendons la suite.

Tigsaarpok! Anigsaarpok! Encore du vocabulaire esquimau qui me remonte à la mémoire! *Oussouk!* De quoi s'agit-il? Les Esquimaux ont inventé plus de vingt substantifs pour désigner la neige. Ils n'admettent pas qu'on puisse mentir ou être imprécis. Un faux renseignement sur le temps qu'il fait ou l'état de la banquise revient à condamner à mort celui à qui on le donne. *Oussouk...* Je ne me souviens plus. Entre-temps, ma mère a éteint sa chaîne stéréo. Nous sommes entrés dans le Saint des Saints : la chambre de mes parents. J'y suis! « Oussouk », c'est le pénis. Mon passé d'embryon génétiquement mâle aurait dû me mettre sur la piste. Oussouk! L'allongement du tubercule génital m'a pourvu d'un oussouk. Au moment où j'allais me rendormir, je suis secoué par celui de mon père. En pleine nuit, petit tour à la Foire du Trône. On dirait qu'il existe un désir sexuel génétiquement masculin. *Tigsaarpok :* érection. Mon père tigsaarpok beaucoup.

A quoi ressemblera ma vie sexuelle quand je serai né et quand j'aurai grandi? Est-ce que c'est amusant de se masturber en pensant à une femme? Est-ce que les femmes aiment qu'on les tienne au courant de ce type d'activité? Pour quel genre de plaisir mettrai-je en branle les cellules corticales dont se sert le chimpanzé quand il pèle une banane?

Il y a longtemps que mon hypophyse produit et libère des hormones. J'ai des méninges, de la substance grise et des ganglions nerveux : je serai donc un jour capable de m'émouvoir comme tout le monde au bord de la mer. Je me tiendrai debout sur un petit promontoire et j'aimerai tout, je dirai que la vie a un goût de pierre chaude. Je serai capable comme un autre de comparer la respiration bruyante d'une femme au roucoulement des colombes plaintives. Il n'y aura pas plus midinette que moi. Je vivrai sous l'emprise de la *tigsaarpok.* Et *anigsaarpok* alors! L'éjaculation! Mon père hurle en imitant les derviches tourneurs qui s'écroulent à la fin d'un mawlid, comme sur un disque qu'il aime. J'ai envie de lui dire : « Chut! Arrête, tu me fais peur. » Il pousse des cris de muezzin en haut de son minaret. Quel cirque! Il faut réussir son petit numéro. Allez, avance, Papa! Bravo, Papa! Un petit coup de nerf fessier! Plus vite! Plus vite encore!

Enfoncé, *L'Art d'aimer* d'Ovide! Aujourd'hui, la mode est à la performance spectaculaire désirée de l'éthique phallique érectile. On ne joue plus la Marche des Gladiateurs. Il n'y a qu'un seul artiste au milieu de la piste. Son nom figure dans le programme : Phallus. C'est un contorsionniste. Phallus de père en fils! Maestro! Musique! *Je cherche après Titine... Io cerco la Titina...* Les hommes cherchent tous après Titine.

Et maintenant, de la haute voltige! La femme fluorescente! Elle a échappé aux griffes des ours blancs! Aux mâchoires des loups polaires! Cher public, j'ai le plaisir de vous présenter... Nerrévik Ladouceur.

Oui! Aussi incroyable que cela paraisse! Ce soir dans votre ville! Nerrévik, la fameuse Nerrévik! Elle a bravé le blizzard. La voici! En exclusivité dans son célèbre numéro!

Mon père lève sa baguette magique. Roulements de tambour. Il procède à quelques passes magnétiques : « Jouissez, je le veux. » Quand mes parents font l'amour, le moment que je préfère est celui-là. Les Esquimaux, n'ayant pas cru devoir inventer un mot spécial pour « orgasme », se contentent de dire : *Kiakouvdlouni* (traduction : « il y a une chaleur bien agréable »). L'orgasme est un moment passionnant pour tous les fœtus, lesquels n'ont que faire des travaux préalables, baisers dans la nuque et excitation des mamelons maternels. Si béatitude il y a, j'y prends part. Je trouve mon père plutôt indiscret et il m'arrive de craindre que son *oussouk* ne soit pas comblé par l'*outsouq* de ma mère et vienne m'embêter. J'essaie alors de pousser mon placenta contre l'orifice interne du col, de la même façon qu'on pousserait une armoire à glace contre une porte. C'est dangereux. Si le placenta ne bougeait plus de là, comment ferais-je pour sortir quand il faudra que je naisse? De toute façon, je n'arrive pas à faire bouger mon placenta. Sa face lisse m'entoure. L'autre face, pleine d'aspérités, découragera, le cas échéant, une incursion du pénis paternel.

Quand le plaisir de ma mère augmente, le mien augmente aussi. J'ai pu constater chez elle des orgasmes si violents que tout l'utérus y participait. Alors, elle n'avait même plus la conscience d'exister et c'est moi qui prenais en charge cette vie qu'elle oubliait. Je me sentais bien.

Je perçois la vie de ma mère comme s'il s'agissait d'une émission de radio sur ondes courtes : parfois on entend à la perfection, parfois le son se perd tout à fait. Il y a des jours où je suis proche d'elle, d'autres où je l'oublie, car je mène ma vie. Mes cheveux poussent. Je continue d'échanger mes connaissances et mes souvenirs contre les cellules qui me manquent. Il faut être borné pour croire qu'un grand nombre de souvenirs est plus proche de l'infini qu'un petit nombre. Je ne me souviens plus du système monétaire de Charlemagne mais je sais qu'il était encore en vigueur en Angleterre il y a quelques années. Je me souviens que j'ai eu en mains un billet de banque de cent billions de marks, *hundert Billionen*, et qu'il ne valait que quelques dollars et que le mot « dollar » est un mot d'origine allemande, une déformation de « thaler ». Je me souviens de Nagasaki, tout de suite après l'explosion de la bombe. Des rails de chemin de fer n'étaient pas détruits et un train arriva. Quand les compartiments et les couloirs furent remplis de blessés, on ne réussit pas à faire partir le train. Les roues patinaient à cause de tout le sang qu'il y avait sur les rails. Des gens mouraient pendant que d'autres essuyaient les rails avec ce qui restait de leurs vêtements. Dans un couloir, une femme dont le sang sortait par la bouche et le nez, accoucha d'un enfant anormal. Je ne me souviens plus si c'était moi. J'ai entendu quelqu'un dire que la mémoire est conservatrice, que c'est le souvenir qui est destructeur. Je me souviens de quelques prénoms de femmes : Annica, Silke, Sylveli, Bernharda, Heidrun, Isabelle. Aucun de ces prénoms n'est japonais. Je préfère celui de ma mère. Il me surprend davantage.

J'ai échangé tous mes souvenirs à propos de Charles Quint contre quelques tubes urinaires. Il faut savoir que chaque rein doit posséder environ un million de tubes urinaires. Les gens ne se rendent pas compte. Est-ce que mes parents se rendent compte qu'ils produisent deux millions et demi de globules rouges *par seconde*? Que leur intestin grêle a une surface de quatre-vingts mètres carrés? Les êtres humains sont insouciants. Ils considèrent que cela va de soi. Nous, fœtus, nous avons à fabriquer un corps pièce par pièce, chacun de nos organes se développant pour son propre compte. Un fœtus est un chef d'orchestre.

On dirait que mes parents ont terminé. Je n'entends plus rien. D'habitude, je capte des messages : « Allô, allô! Pic Vigoureux appelle Porte Précieuse! Répondez. » Est-ce qu'ils ont eu leur orgasme? Je n'ai pas senti grand-chose. Il y a de la paresse dans l'air. Je vais donner quelques coups de pied. A mon tour de réveiller ma mère. Elle m'a tenu en haleine avec une promesse d'orgasme et puis elle capitule. Quand le sexe vaginal de ma mère est en jeu, il ne faut plus compter sur la moindre logique mais je voudrais qu'elle sache que j'ai autant besoin du plaisir qu'elle prend que du glucose qu'elle donne. L'augmentation de son débit cardiaque me rend heureux.

Que se passe-t-il? Je suis engourdi. Je n'ai plus la force de remuer les pieds. L'orgasme, ayant eu lieu, m'aurait-il remué au point de me faire perdre conscience? J'ai envie de repos. Le calme est parfois une nécessité physiologique. Je suce mon pouce. Je voudrais pouvoir parler à ma mère, la troubler avec des mots. Les mots ont-ils le même sens pour elle et pour moi? Mon appareil respiratoire ne me fournit pas le courant d'air qui me permettrait de produire des sons. Je ne peux qu'entendre. Si je parlais, ma mère prendrait peur.

Elle n'en croirait pas ses oreilles. Les autres la traiteraient de ventriloque. Mon père, lui, quand il parle, ses phrases rassurent ma mère. Il lui dit qu'elle est désirable. Elle réagit moins à des mots plus sexy. C'est leur affaire. Elle ne réagit pas non plus aux invites discrètes de mes doigts de pied. Je suis pourtant en train de lui chatouiller le ventre.

Et si elle était morte?

Surtout, pas d'affolement!

A terme, mon cerveau aurait pesé quatre cents grammes mais aurais-je été plus malin qu'aujourd'hui? Je ne le crois pas. J'ai déjà signalé que l'univers du fœtus se rétrécit au fur et à mesure qu'on approche de la délivrance. Je suis donc moins éveillé qu'hier mais plus que demain. Hypothèse : ma mère est morte. Si j'étais coincé dans un ascenseur, j'appuierais sur le bouton d'alarme. Ici, je ne peux même pas crier. Tout va dépendre du placenta dont je ne suis pas sûr de m'être fait un allié. Le gâteau placentaire! Il faut être un médecin pour parler en ces termes. J'ai des besoins caloriques élevés. Quoique viable, je ne survivrai pas longtemps. J'espère que mes parents ne se sont pas suicidés au gaz. Il faudrait au moins que mon père ait survécu et qu'il donne l'alerte. Une césarienne et me voilà parmi vous! Routine des victoires de la science et du dévouement médical.

Ayor! Je suis secoué de partout. On me malmène. C'est la fin. Oh pauvre de moi! Il n'y a pas que les civilisations qui sont mortelles. J'ai mal organisé mon système de défense. Je souffrais peut-être d'un déficit complet de l'immunité cellulaire. Je ne passerai jamais par la filière génitale, ce couloir de la vie, le vagin de ma mère. *Ayor! Ayor* veut dire : hélas.

Je n'avais pas prévu la mort. J'avais oublié qu'elle existait. Le retour au néant ne m'effraie pas. Je regrette de n'avoir pas pu adresser la parole à quelqu'un. J'avais des choses à dire. Je les garderai pour moi. Il y a un tel tintamarre en ce moment que personne ne m'entendrait.

Au fait, ce bruit?

C'est ma mère qui est prise d'une quinte de toux. *Ayor, ayor! Ayor pok!* Elle a des difficultés de respiration. J'aurais dû m'en souvenir. C'est connu. C'est la dyspnée de la grossesse, très fréquente chez la femme enceinte au repos. A force de m'identifier à ma mère, j'ai cru que je souffrais à sa place, quand c'est pour mon bien qu'elle respire mal. Dans l'espèce humaine, la femme enceinte est une espèce à part. Le fœtus la submerge d'hormones placentaires et la femme enceinte se trouve dans l'obligation de modifier son organisme. Elle affronte diverses anomalies biologiques. Elle grossit, sa pression artérielle baisse, elle a besoin de fer. Moi aussi, j'ai besoin de fer. J'ai besoin de ceci, je désire cela... Je m'exprime comme si j'étais un être humain alors que je ne suis qu'un petit fœtus qui vit tout seul dans le ventre de sa mère et qui a bien failli y rester. On aurait appelé un médecin. Il aurait parlé de rétention d'œuf mort *in utero*. Merci beaucoup.

9

Sur un coup de tête, Nerrévik décida de prendre l'avion et de passer quelques jours, seule, à Barcelone, une ville où elle n'était jamais allée.

Le troisième soir, elle se laissa draguer par un inconnu dans un restaurant. Ils marchèrent en silence dans les rues. Il faisait doux. L'homme montra du doigt l'enseigne de l'hôtel où il était descendu. Nerrévik accepta de l'accompagner dans sa chambre. Ils trouvèrent de la vodka et du jus de tomates dans le minibar.

L'homme commença à vouloir déboutonner le chemisier de Nerrévik qui le laissa faire. Elle n'avait échangé que trois ou quatre phrases avec cet homme et elle avait déjà oublié la voix qu'il avait. La chambre d'hôtel où il habitait lui avait plu dès qu'elle était entrée. Elle repoussa l'homme quand il introduisit ses doigts sous le bonnet du soutien-gorge. Il ne dit rien et alla s'asseoir sur le lit. Elle le rejoignit. Elle s'allongea contre lui. Il se releva. Elle le regarda se déshabiller devant elle. Il bandait. Il prit les mains de Nerrévik et les plaça de part et d'autre de son sexe. Nerrévik ferma les yeux, ne bougea plus les mains et sourit.

(Ici le fœtus! Maintenant ça suffit! J'ai enduré cette scène parce que je voulais voir jusqu'où notre écrivain irait. Eh bien, bravo. Cette histoire ne tient pas debout. Est-ce que ma mère est capable de se conduire de la sorte? Non, bien sûr. Je suis estomaqué et je ne veux pas naître avec une déformation de l'estomac. Un caprice de l'écrivain transforme ma mère en petite coureuse, disons-le : en pute. Pour qui se prend-il? J'ai mon idée là-dessus : cette scène d'hôtel de passe est un fond de tiroir que notre auteur essaie de nous refiler. Je parie que c'est un chapitre qu'il a dû couper dans un autre roman. Il s'est contenté de changer le prénom de la femme. Si je n'étais pas intervenu, nous aurions eu droit à un peu de pornographie à la mode. Moi, petit fœtus, j'ai veillé au grain! La vérité, c'est que ma mère et moi, nous sommes allés à Rome avec Papa.)

L'homme se pencha vers Nerrévik et lui

embrassa le front, la nuque. Elle se serra tout habillée contre lui et sentit le sexe dur entre ses seins. Elle se mit à caresser timidement les fesses...

(De mieux en mieux! Qu'il ne se gêne pas! Un huissier! Je réclame un huissier de justice! Agissant à la requête du petit fœtus! Attendu qu'en vertu de l'article 9 du Code civil, chacun a droit au respect de sa vie privée! Attendu qu'en application de ce texte, Nerrévik Ladouceur peut s'opposer à la divulgation de tels renseignements ! Attendu qu'il y a intention de nuire! Si ma mère avait eu envie de caresser les fesses d'un inconnu, je n'y vois pas d'objection. De toute façon, je suis sûr que c'est faux. Elle m'aurait demandé mon avis et j'aurais dit non.)

Moi, petit fœtus, je continue ici mon autobiographie. Séparons-nous de cet écrivain conventionnel. Arrêtons de mélanger les torchons et les serviettes.

Aujourd'hui, j'ai vingt-six semaines. C'est mon anniversaire. On pourrait aller au restaurant, et après, on irait au cinéma. J'aime accompagner ma mère au cinéma. Elle choisit souvent de bons films et, à l'entracte, pour me faire rire, elle demande un esquimau. Elle sait que les enfants des vrais Esquimaux avaient droit à d'autres friandises. Quand leurs pères avaient réussi à tuer des phoques, les enfants accouraient et réclamaient à cor et à cri ce dont ils raffolaient : un œil de phoque, qu'ils avalaient aussitôt. Je me demande s'ils mâchaient le cristallin. Je ne supporterais pas que mes yeux finissent dans la bouche d'un autre. J'y pense parce que mes paupières ont commencé à se dessouder. Je vais bientôt pouvoir ouvrir les yeux. Inutile de me réjouir : il ne se passera rien de mirobolant. J'ai les yeux pleins d'une substance gélatineuse transparente. Je les ouvrirai et fermerai dans du liquide. J'y verrai comme dans un igloo en train de fondre. Il n'y aura pas de quoi motiver un électrorétinogramme.

Au concile de Nicée en 787, si on avait convoqué trois cents fœtus au lieu de convoquer trois cents évêques, l'Histoire aurait changé. Les fœtus auraient soutenu les iconoclastes byzantins. Plus tard, on n'aurait pas eu à souffrir des guerres de religion et de tous ces conflits engendrés par la Renaissance et la Réforme. Les fœtus, à Nicée, n'auraient pas admis que les images puissent représenter autre chose que ce qu'elles montrent. Les évêques de ce concile furent des publicitaires avisés. Les fœtus sont contre la publicité. Elle ne les atteint pas. Ils se préparent à regarder leur mère et ne rêvent de rien d'autre. J'ai cru comprendre que la vie humaine, hélas, n'est pas si simple. Dans la vie, on n'a pas que sa mère à voir. Il y a aussi des montagnes et des fleuves, des forêts, des astres, des écureuils. Il y a tout un remue-ménage. Le but poursuivi est clair : il s'agit d'exciter l'espèce humaine afin de favoriser une fabrication ininterrompue de fœtus. La vie terrestre ne s'organise autour de rien d'autre. Ceux qui sont nés passent leur temps à regretter leur vie intra-utérine et à en chercher des substituts. La preuve en est cet axiome : « Pour vivre heureux, vivons caché. » Du point de vue qui était le leur, les évêques n'ont pas été si bêtes : ils ont proposé la vénération des images comme antidote à la nostalgie du bonheur fœtal, un bonheur qui se moque des images.

N'étant pas plus bête qu'un évêque du concile de Nicée, je sais que j'aurai affaire aux images. Je m'arrangerai pour les aimer. Quand je me trouverai en face d'une image, je ne dirai jamais qu'elle me fait penser à autre chose. Ce sera difficile. Je présume qu'il faut du recueillement et de la concentration pour parvenir à cela. Je me concentrerai. Ce ne sera que justice envers les images. Mes yeux se sont développés à partir de mon cerveau. C'est une histoire qui a commencé quand je n'étais qu'un embryon de dix-huit jours. Ma mère savait-elle déjà qu'elle était enceinte ? De chaque côté du cerveau antérieur venait d'apparaître une gouttière pas très profonde. Ces gouttières devinrent des vésicules optiques. Un programme s'accomplissait d'une manière inflexible. Les vésicules se transformèrent en cupules. Il y eut ensuite une fente par laquelle s'introduisit une artère. Au bout de sept semaines, les fibres du nerf optique étaient en place et rejoignaient le cerveau. La fente qui a livré passage à des vaisseaux sanguins et des fibres nerveuses devrait se refermer dans quelques semaines. Il arrive qu'elle ne se referme pas : c'est une des malformations congénitales qui me guettent. Il y a plus pénible : on peut naître avec le globe oculaire réduit aux deux tiers de son volume normal. On peut aussi ne pas avoir de globe oculaire du tout.

Les fœtus sont à la merci de n'importe quoi. Ils peuvent tomber sur une mère atteinte de purpura thrombopénique idiopathique : j'évoquerai pour mémoire l'augmentation du risque d'avortement spontané. Je ne sais plus qui est l'auteur de *L'Odyssée* mais chaque fœtus est Ulysse, l'homme aux mille tours, celui qui passa entre Charybde et Scylla. Nul doute que le poème de *L'Odyssée* ne soit la mise en forme de diverses autobiographies de fœtus grecs. Quand j'aurai vingt ans, si les études universitaires ont encore un sens à ce moment-là, je ferai une thèse sur ce que j'appellerai « l'art fœtal ». Les fœtus sont dans le monde comme une cinquième colonne. C'est assez amusant qu'on se soit occupé plutôt des Martiens et des soucoupes volantes. Les grandes créations de l'esprit humain sont le fait de cerveaux qui se sont souvenus mieux que d'autres de leur vie intra-utérine. Dans ma thèse, je donnerai des exemples. J'ai l'air de penser que la mémoire est dans le cerveau. Je ne suis pas comme ces primitifs qui mangeaient la cervelle crue de leurs morts en pensant que l'ingestion de cette cervelle leur permettrait de connaître tout ce que les défunts savaient. La mémoire est partout. Un pied ou une paume ont de la mémoire. Le cerveau se souvient de la vie intra-utérine parce qu'il n'a pas cédé tous ses souvenirs contre des cellules. C'est ce qui donne un air un peu hagard aux savants.

On me dira : « Et les fous? Que faites-vous des fous? » Pour les fous, je n'ai pas d'explication. Les fous et les folles ne sont-ils pas des hommes et des femmes qui ont vraiment compris à quoi rime la vie humaine : à rien? Ils ne se fatiguent pas à faire semblant de la trouver intéressante. On leur montre un arbre. Ils disent : « Quel beau cheval! » Ils n'allaient pas dire : « Oui, c'est un chêne majestueux. » Ce ne sont pas des stratèges. Le fou est ce que le fœtus n'ose pas être. Cette formule n'est pas une explication et je ne voudrais pas confondre la folie que j'admire avec l'arriération mentale que je crains, ces trisomies qui font habituellement mourir le nouveau-né dans les premiers mois.

Ce qui survient pendant la vie extra-utérine ne me regarde pas. Chaque chose en son temps. Je vis dans un milieu liquide et chaud. Le placenta veille aux échanges gazeux et assure du repos à mes poumons. Quand il conviendra de survivre, j'aviserai. Un univers aérien et froid m'attend. Ma mère l'affronte pour moi chaque jour. Je ne devrais pas penser à la mort. C'est une vieille lune. Je ferais mieux d'échanger les souvenirs qui me restent à propos de la mort contre une garantie de bonne fin en faveur de mon appareil uro-génital. Je ne tiens pas à être victime d'un défaut de rétraction du gubernaculum testis. Un fœtus de vingt-six semaines ne devrait pas être tourmenté comme je le suis. Ce n'est pas correct, surtout le jour de mon anniversaire.

C'est ma mère qui me tourmente. Elle ne va pas bien. Elle s'imagine que son enfant ne sera pas normal. Elle n'ose le dire à personne. Elle redoute le moment où j'apparaîtrai. Je la comprends. Elle s'imagine qu'elle prépare un meurtre au lieu d'un accouchement. Je ne me vexe pas pour si peu, je comprends la plaisanterie.

Un meurtre! Où va-t-elle chercher cette idée? Je suis dans son ventre. Je ne peux pas être aussi dans sa tête. La pauvre, elle s'inquiète. Je voudrais la serrer très fort dans mes petits bras.

Ce qu'elle ignore, c'est qu'un fœtus ne meurt que si c'est lui qui le décide. Elle ne l'ignore pas, elle refuse de l'admettre. Elle est touchante à vouloir se donner un rôle là-dedans. Si j'étais sans-cœur, je dirais qu'elle cherche à se rendre intéressante. Qui n'en est pas là?

Le jour de mon anniversaire, voilà où j'en suis. Nous aurions pu aller voir un film policier. Eh bien non. Ma mère a sa crise. Qu'elle l'attrape, sa maladie éruptive contagieuse! On lui fera une césarienne et je terminerai mon autobiographie dans une couveuse, comme ces auteurs qui vont finir leurs livres à Capri ou à Djerba.

Il faut avant tout que ma mère se calme. Allons nous étendre. Essayons de dormir un peu. Elle se dit qu'elle n'arrivera jamais à s'endormir. Il faudrait baisser le chauffage. Elle enlève son tee-shirt et rejette la couette. Des images et des pensées se heurtent dans son cerveau. Elle a l'impression qu'on lui a implanté des électrodes dans le crâne. Elle rouvre les yeux pour s'assurer qu'elle n'est pas devenue aveugle. Elle a toujours eu peur de devenir aveugle. Quand elle avait quinze ans, elle a même eu un tic des paupières. On lui faisait prendre des calmants qu'elle jetait dans les toilettes.

Elle vient de prononcer plusieurs fois, comme si elle se plaignait à quelqu'un : « Mais je voudrais m'endormir. » Si elle avait appris par cœur quelques mots d'un texte sacré hindou, elle les répéterait mentalement. Elle se concentrerait et méditerait sur le ciel sans bornes. A-t-elle détraqué son horloge interne? Elle garde les yeux fermés. Elle devrait penser à des choses vastes et grandioses qui la calmeraient. Elle s'intéresse à trop de choses et elle ne sait plus comment ramener ses pensées dans un cercle restreint et venir à bout de son excitation.

Si elle avait reçu une autre éducation, elle aurait été une savante. Elle aurait prévu des phénomènes nouveaux que des expériences auraient confirmés longtemps après. Elle serait devenue astronome. Elle aurait fait de l'astronomie fondamentale parce que l'idée d'un système de référence absolu lui plaît. Ou astrophysicienne. A force de regarder les astres dans un télescope, elle aurait fini par conjurer sa peur de devenir aveugle. Avec un télescope, on doit moins s'ennuyer dans l'existence. Est-ce parce qu'elle s'ennuie qu'elle ne s'endort pas ? Elle n'ose plus regarder l'heure. Elle aimerait entendre le bruit qu'elle fait en ce moment puisque tout corps émet un bruit-radio qui provient de l'agitation thermique des électrons qui sont en lui.

Pourvu qu'elle n'allume pas la radio. J'ai déjà passé des nuits entières avec elle à écouter la radio. Elle aime des chansons qui sont un peu bêtes. Comme on dit chez les Esquimaux : *Ayor* ! Hélas ! Son excuse, c'est que mon père n'est pas souvent là, ce qui n'augure rien de bon pour moi. Un père absent n'est pas un facteur d'épanouissement pour un enfant. Je n'en dirai pas plus. Ce qui compte pour moi, maintenant, c'est que ma mère soit amoureuse de lui. Qu'il soit là ou pas là, c'est égal. D'ailleurs, il serait là, il la soûlerait de discours. Et un discours de mon père, il n'y a pas de quoi l'analyser en ses constituants fondamentaux.

Ayor, trois fois *ayor*! Ma mère a poussé le sélecteur de gammes d'ondes sur les ondes courtes. Nuit de la musique latino-américaine. Nous tombons sur un titre approprié : *Que Barbaridad*. Cette musique n'empêchera pas ma mère de rêvasser. Elle continue de se poser des questions.

Le rayonnement émis par les corps célestes influence-t-il ceux qui l'étudient? A-t-on encore l'impression d'être en avance ou en retard à un rendez-vous quand on passe la journée à multiplier des millions d'années-lumière? Vaut-il mieux aimer des particules élémentaires comme les neutrinos au lieu de ces paquets de particules que sont les êtres humains?

Elle se dit qu'aucun télescope électronique ne révélera jamais un ciel comme celui de *La Nuit étoilée* de Van Gogh. Et elle, si on lui injectait du xénon ou du fluor dans le sang du cerveau, quel ordinateur pourrait reconstituer le souvenir qu'elle garde de la toile de Van Gogh? Elle souhaite qu'on invente vite une machine à programmer les rêves. Elle achèterait des rêves sur diskettes. Elle échapperait à ses souvenirs d'enfance revus et corrigés par un scénariste de films d'épouvante et ses rêves la conduiraient dans des nébuleuses géantes. Elle deviendrait un rayon cosmique. Ce serait autre chose que les rêves où sa mère la poursuit en voulant lui enfoncer un couteau de cuisine dans le ventre.

Rayon cosmique, d'accord. Mais couteau dans le ventre? On en apprend tous les jours. Les mères poursuivent leurs enfants avec des couteaux de cuisine? J'admets que c'est plus amusant que de faire la vaisselle mais il y a de quoi traumatiser un fœtus. Je ne sais pas s'il faut que je continue de m'intéresser à ce que ma mère élucubre.

Je ferais mieux de redormir. Qu'elle ait des insomnies si elle veut. Je ne suis pas le débiteur solidaire de ses cauchemars. Est-ce que je l'embête avec les miens? Quand je rêve que je me noie dans mon liquide céphalo-rachidien, est-ce que je la réveille pour le lui faire savoir? Je m'agite et elle se demande ce qui se passe mais j'ai de la pudeur. Je m'arrange pour la persuader que tout va bien. Quand je bouge dans tous les sens, pour ainsi dire au faîte de la frayeur, je réussis à la faire s'exclamer : « Il bouge! Qu'il est mignon! » C'est une application de la théorie du malentendu fondamental.

Je m'intéresse trop à ma mère. Quand j'étais plus jeune, je m'intéressais à tout. Ma mère m'emmenait en voyage. Nous avons pris un ferry pour aller en Angleterre. Maintenant, son médecin lui a dit d'éviter les déplacements. Je ne sais pas si elle l'écoutera. En avion on ne risquerait rien. Un petit décollage ne serait pas pour me déplaire. J'ai encore deux mois et demi à vivre retenu par mon cordon. Je voudrais me distraire. Je sais ce qui m'attend. Après la naissance, ce ne sera pas exaltant tout de suite. Pendant des mois, je serai moins intelligent qu'un chimpanzé de mon âge. Il faut profiter de la vie tant que je suis encore un fœtus. La suite est trop incertaine.

Faute de mieux, je continuerai de me passionner pour ma mère, ma Sarah Bernhardt, ma Greta Garbo. C'est une drôle de femme. Chaque fois qu'elle gagne de l'argent, elle est prête à acheter tous les rouges à lèvres qu'elle voit. Je crois qu'elle a une bouche magnifique. J'adore quand elle parle.

Un des rares souvenirs précis qui me restent, c'est d'avoir été acteur. Cela se passait en Grande-Bretagne. Je jouais le rôle d'un vieux roi fou. J'avais quatre-vingts ans, l'âge du rôle. A la fin de la pièce, je devais entrer en scène en portant le cadavre de celle de mes filles que j'aimais le plus. Je viens de comprendre que ce vieillard de quatre-vingts ans, ce roi prisonnier, c'est moi, petit fœtus dans le ventre de ma mère qui fut ma fille quand j'interprétais le roi Lear et que je lui disais : « Viens, allons en prison. Seuls tous les deux, nous chanterons comme des oiseaux en cage. Nous allons vivre en chantant, en nous racontant de vieilles histoires à base de ragots, en souriant aux papillons multicolores tandis que de pauvres gueux nous apporteront des nouvelles du monde extérieur. Nous percerons le mystère des choses comme si nous étions les espions des dieux. Celui qui voudra nous séparer devra nous enfumer comme des renards. »

Lorsque j'interprétais ce rôle, j'étais un vieil acteur qu'on engageait par charité mais dont quelques jeunes gens disaient qu'il était le plus grand acteur vivant, et si je réussissais à émouvoir ces jeunes, c'est parce que j'oubliais que j'avais quatre-vingts ans. Je me persuadais que j'étais un fœtus qui s'adressait à sa mère.

Aujourd'hui, je voudrais être vieux. Je serais le père de ma mère. Je la serrerais contre moi et je l'empêcherais de pleurer. Je lui dirais qu'elle a la vie devant elle. Je la sortirais. Je l'arracherais à son poste de radio. Je l'emmènerais au théâtre.

Assez rêvé. Je ne suis qu'un fœtus dont le cœur bat plus vite que celui de sa mère. Nous échangeons des hormones au lieu d'échanger des idées. Avant que j'arrive, elle avait sûrement moins d'idées. Moi, je ne suis que le résultat d'une irruption de spermatozoïdes déboussolés dans un milieu vaginal hostile. Ce jour-là, si mon père avait préféré se masturber, il aurait eu trois ou quatre millilitres de liquide séminal dans la main, des milliards de chromosomes parmi lesquels seraient passés inaperçus les vingt-trois malheureux qui étaient appelés à rejoindre le numerus clausus des chromosomes que ma mère, de son côté, me destinait.

Je suis un échantillon, comme une puce ou un veau marin. J'espère que je vaux mieux qu'une puce. Je n'en sais rien. J'admire les puces. Elles sont intrépides. Elles sont apparues sur la terre en même temps que les mammifères du début de l'ère tertiaire, bien avant les ancêtres de l'homme. Les mammouths ont disparu, pas les puces. Elles furent victimes d'une injustice génétique puisqu'elles ont perdu les ailes auxquelles elles avaient droit. Malgré tout mon respect pour les puces, je ne veux pas me complaire dans le vertige qui fait penser qu'on n'est pas grand-chose. Je n'aime pas le néant. Ma mère a trop tendance à dire que la vie est continuellement pitoyable. « Quand on me voit entrer dans un restaurant, pense-t-elle, qui croirait que cette femme au regard provocant a peur de s'endormir pour la simple raison qu'elle s'attend à se réveiller à moitié folle ? » Quand je serai né, je lui remonterai le moral.

Elle peut se lever tard : elle ne travaille plus. Elle a un peu honte d'accepter l'argent que lui envoie sa mère mais sa mère est plus riche qu'elle. A la maison, nous avons aussi l'argent que gagne mon père, et quand je serai né, il y aura les allocations familiales. Avec cet argent, ferons-nous des voyages ? Ma mère ira mieux. Elle n'aura plus peur d'avoir la rubéole. Je l'ai entendue dire à mon père que, quand elle était plus jeune, elle aimait se répéter cette phrase : « Fondamentalement, je suis marrante. » C'était un leitmotiv, paraît-il, et elle était très fière de commencer sa phrase par l'adverbe « fondamentalement » qu'elle jugeait définitif. A vingt ans, avec cette phrase, elle était sûre d'avoir fait le tour de la question. J'ai du mal à imaginer ma mère à vingt ans. Qui pourrait me renseigner sur sa vie ? Tout ce que je sais d'elle, c'est par elle.

Je pourrais malgré tout faire appel à l'écrivain qui m'a traité de blastocyte. Pendant que je me repose, on va lui laisser rédiger un chapitre sur Nerrévik Ladouceur, mère de votre serviteur.

9 *bis*

Pstt! C'est le fœtus qui vous parle. Tout à fait entre nous, je rajoute un petit chapitre en douce. C'est plus fort que moi : je ne peux pas ne pas communiquer. Profitons-en, tant que l'écrivain se renseigne sur les hommes que ma mère a connus avant mon père. Il va tomber sur de curieuses variantes pathologiques du comportement cyclothymique normal, croyez-moi, je me suis renseigné avant lui.

J'ai envie de gazouiller. C'est que, voyez-vous, je suis très content en ce moment. J'ai envie de faire des roulés-boulés. Un fœtus parachutiste, qui a déjà vu ça? Avec le temps, je finirai sûrement par accepter la monotonie de la vie mais en ce moment, je n'ai que de la curiosité et du plaisir. Je sens que je suis quelqu'un d'attirant. Je ne serai pas le genre de gosse qu'on devra réanimer à la naissance. Je suis un futur boute-en-train, sauf que j'aurai mon caractère, bien sûr. Il ne faudra pas me dire de mettre un manteau quand je ne voudrai pas. Il ne faudra pas m'empêcher de crayonner sur les murs. Je ne serai pas une pâte molle. Si ma mère me voyait, elle comprendrait tout de suite, rien qu'à mon air futé, que ce sera la joie de vivre quand je serai là.

C'est la joie de vivre avant même que je naisse. Suis-je perfectible à l'infini ? J'amasse mes milliards de cellules. Tout se précise. Il faut dire que je reviens de loin : j'ai été le big bang. Broum ! Quel pétard ! Au commencement, c'était la lumière qui rayonnait et maintenant, c'est moi qui rayonne. Du photon au fœtus... Rien dans les mains, rien dans les poches. J'ai escamoté le big bang. Eh oui, le gazouillis d'un petit fœtus est venu remplacer le silence éternel des espaces infinis.

Mon horoscope est excellent. Si je naissais ce mois-ci, il ne m'arriverait que des choses bien. Mars occupe mon signe, la semaine prochaine me trouvera plein d'audace et Vénus me rendra plus que jamais amoureux. Il n'y a pas de plus fin, de plus riche, de plus beau tissu que la peau d'une jolie femme. C'est bien trouvé, comme phrase, pour un fœtus. Malheureusement, elle n'est pas de moi, elle est d'Anatole France. Je connais plein de phrases. Quand j'irai à l'école, je les glisserai dans mes rédactions : « Il faut tout prendre au sérieux mais rien au tragique », ou bien : « Mais la Nature est là qui t'invite et qui t'aime. » (Mon écrivain va être jaloux.) Il y a aussi : « Un seul être vous manque et tout est dépeuplé. » Imaginez que je dise cette phrase à ma mère. Elle en serait toute catastrophée. Je ne la lui dirai jamais.

Elle voudrait qu'on parte en voyage. Je suis d'accord. C'est mon père qui se fait prier. Ma mère nous a lu les pages d'un guide : « Rapallo, Grand Hôtel Bristol, point de vue sur la mer et le golfe. La pension est à deux cent soixante mille lires par personne. A Stresa, Hôtel des Iles Borromées, parc et *giardino fiorito* avec vue sur les îles, c'est au bord du lac Majeur, trop cher aussi. Sestri Levante! Grand Hôtel dei Castelli, pas mal. Quarante-cinq chambres, grand parc sur la mer avec ascenseur pour la *spiaggia.* »

Un ascenseur? *Ascensore*? Ascenseur descenseur, la plage, l'iode, l'air marin! On y va!

Mon père n'a pas l'air passionné, c'est peut-être ce qu'on appelle un père démissionnaire? Ma mère bat en retraite et propose qu'on aille passer un week-end dans un hôtel parisien. Je suis d'accord, mais à condition que ce soit un hôtel avec ascenseur, alors. Elle dit qu'il ne lui faut pas grand-chose, juste du dépaysement et une grande chambre. Moi non plus, il ne me faut pas grand-chose : juste un ascenseur.

Mes parents se taisent. En général, à ce moment-là, ils mettent un disque. Moi qui suis de si bonne humeur. Ils vont tout gâcher. Il faut que j'apprenne à me boucher les oreilles.

Et qu'est-ce que je disais! Du Mozart! Je le retiens, ce Mozart :

Zon dessus l'œil, zon sur le groin,
Zon sur le dos du sagouin!

Ce n'est pas parce qu'il s'appelle Wolfgang Amadeus! Moi aussi, si je voulais, je pourrais m'appeler Wolfgang Amadeus. Sous prétexte que ça n'a pas onze ans, ça se prend pour un enfant prodige. Donnez-moi un piano et je vous compose des petites musiques de nuit, je vous livre la symphonie Jupiter, clés en mains. Les fœtus sont très doués musicalement. D'ailleurs, je compte donner à ma mère l'idée de prendre des cours de violoncelle. Je me demande comment une femme enceinte peut apprendre à jouer du violoncelle, mais l'idée est bonne. C'est plus original que d'apprendre à jouer du piano.

Si des gynécologues me lisent, ils vont penser que je suis le plus louf des fœtus. Tout le monde ne peut pas s'appeler Chateaubriand et écrire la phrase : « Je me suis ennuyé dès le ventre de ma mère. » Chateaubriand, je te pince sans rire.

Pour moi, la vie marche comme sur des roulettes. Tout leur est aquilon, tout me semble zéphyr.

Flûte alors, voilà l'écrivain qui se ramène. J'arrête mon fox-trot. Il va parler de ma mère. J'envie ceux qui disent du mal de leurs parents : ce sont des gens lucides et perspicaces. Je n'arriverai jamais à dire du mal des miens. Je suis trop jeune encore.

Ah ! Mesdames et messieurs, l'écrivain s'assied, il cherche du papier. Je suis prêt à l'écouter, à le lire, à tout. En place pour notre séance d'aïkido.

Dans l'aïkido, il n'y a pas de compétition. Mon maître disait à ses adversaires : « Je suis heureux pour vous que vous vous sentiez plus fort que moi. »

10

Nerrévik est arrivée à Paris au début des années soixante-dix. Elle venait d'avoir vingt-deux ans. Elle aimait un homme qui l'avait convaincue de quitter le Canada.

(*Oui, ça va, on est au courant.* – Note du fœtus.)

Elle se voit plutôt comme quelqu'un de fidèle, en général elle l'est pendant trois ans. C'est sa norme : trois ans avec Georges, trois ans avec Marc. Il est vrai qu'elle était tombée sur deux fous furieux, bien qu'il ne faille pas dénigrer les personnes avec lesquelles on a vécu.

(*De l'information, pas de commentaires, s.v.p.* – Autre note du fœtus.)

Deux dingues coup sur coup : la vie en commun avec elle a l'air de détraquer les hommes. Georges avait fini par vouloir faire l'amour devant témoins oculaires. L'alcool surajouté n'arrangeait rien. Nerrévik, qui se croyait pourtant prête à tout, ne l'était pas à cela et elle avait décampé.

(*Ce qui est la moindre des choses.* – Note du fœtus.)

Ensuite, elle avait rencontré Marc.

(*C'est-à-dire pas encore mon père. Vous comprendrez pourquoi je ne tiens pas à ce qu'il y ait de confusion.* – Le fœtus.)

Trois ans plus tard, Marc, un brillant professeur d'économie, entendait une voix qui sortait du compteur électrique, une autre qui provenait du robinet d'eau chaude de la baignoire. Il commença par ne plus préparer ses cours afin de se consacrer à l'écoute des voix, notant fébrilement tout ce qu'elles lui disaient. Il leur répondait : « Non, vous ne m'aurez pas! Je vous zigouillerai avant! » Les voix lui donnèrent des ordres qu'il exécuta. Elles lui dirent de donner ses cours avec une cravate nouée sur son pantalon, autour de la cuisse gauche. Il conserva ses excréments du dimanche dans une boîte et, au bout d'un mois, il devait envoyer la boîte par la poste à une personne choisie par ses voix.

Le boucher du coin vint rendre à Nerrévik un chèque de trois mille francs que Marc avait signé pour l'achat d'un kilo de steak haché destiné à nourrir les voix. Rentrant de promenade, Nerrévik avait trouvé Marc en train de faire disparaître le robinet d'eau chaude de la baignoire sous une masse de viande.

Marc fut soumis à une neuroleptisation continue. « Le rendement antihallucinatoire du Haldol est bien connu », avait dit le psychiatre. Après avoir quitté l'hôpital, Marc s'était réfugié chez un de ses frères. En proie à des sentiments de dévalorisation, il n'avait jamais voulu revoir Nerrévik.

Quelques mois plus tard, Nerrévik embrassa dans le couloir d'un train-couchettes un garçon qu'elle ne connaissait que depuis deux heures. On était fin août. Elle rayonnait. Elle portait une robe débardeur et elle avait passé ses vacances en Grèce. D'Athènes, elle avait pris l'avion pour Vienne et ensuite ce train qui la ramenait à Paris.

Le garçon était monté à Munich. Il avait invité Nerrévik au wagon-restaurant qu'ils quittèrent les derniers, juste avant qu'on ne décroche la voiture. Ils avaient repris leur conversation dans le couloir, à la hauteur de leur compartiment, s'aplatissant contre la vitre chaque fois que passaient des gens. Leur premier baiser eut lieu pendant les deux minutes d'arrêt en gare d'une ville dont le nom ne les intéressa pas. Ils continuèrent de s'embrasser jusqu'à la frontière où le va-et-vient des policiers les fit se tenir droits. Nerrévik aurait voulu que le garçon lui propose de faire l'amour dans le train mais il hésita à cause des voyageurs qui se trouvaient dans leur compartiment. Entre la Meuse et la Marne, ils décidèrent d'aller se coucher. Il ferait bientôt jour. Ils bâillaient de fatigue. A la gare de l'Est, ils échangèrent leurs numéros de téléphone et prirent chacun un taxi. Nerrévik était sûre que le garçon n'appellerait jamais. Il vivait avec quelqu'un d'autre et elle le classa dans le genre marié que la passion désarçonne. Elle n'y pensa plus.

Ils s'étaient retrouvés au début de l'hiver dans une brasserie. En passant devant un hôtel, ils décidèrent d'y rester plusieurs jours. Ce fut le début de leur liaison, laquelle obtint le statut d'histoire d'amour quand ils se mirent à chercher un appartement.

(*Ma mère vit avec mon père, même immeuble, même étage, mais il faudra que je naisse pour que l'amour se manifeste dans cet appartement grâce à mes bégaiements de prince charmant.*)

Ils vivent maintenant ensemble depuis deux ans et, hier soir, Nerrévik s'amusait avec son compagnon à dresser la liste des maladies auxquelles il a échappé : perte de la localisation des parties du corps, crises d'angoisses suivies de débâcle diarrhéique, paraphrénie confabulante.

(*Repensons à l'historique de la première rencontre de mes parents. Je ne voudrais pas qu'on s'imagine que ma mère se laisse embrasser par n'importe qui dans les trains. Il ne faudrait pas la prendre pour une madone des sleepings. L'écrivain est resté insensible au côté exceptionnel, foudroyant, de cette rencontre.*)

Nerrévik est heureuse avec l'homme qui sera le père de son enfant. Il voyage beaucoup et elle préfère ne pas l'accompagner. Elle aime être seule. Au début, elle avait fouillé dans les valises de son nouvel amant, lu quelques lettres, trouvé deux ou trois photos : rien de transcendant. Elle s'était demandé pourquoi il persévérait à entretenir une correspondance avec une femme dont chaque lettre, rédigée dans un style gélatineux, était invariablement signée : « Ta balalaïka. »

Balalaïka ! Quand Nerrévik écrit à l'homme qu'elle aime, elle signe « ta racine carrée », « ta supernova », « ta lectrice », elle ne se braque pas sur un instrument de musique à cordes pincées, elle ne commencerait jamais une lettre par « grand chéri ».

Elle n'a rien à faire aujourd'hui. Inscrite au chômage depuis septembre, elle voudrait prendre des cours de violoncelle.

(*Il me vole mes idées! C'est moi qui ai voulu avoir une mère violoncelliste. L'écrivain ferait mieux de rédiger une histoire dont je ne me lasserai jamais : « Le jour où Nerrévik a su qu'elle était enceinte. »*)

Nous sommes en septembre de l'année dernière. Tout l'après-midi, Nerrévik a été déprimée et inquiète. Elle aurait bien voulu faire une sieste mais elle n'a pas réussi à s'endormir.

Maintenant elle va mieux. Elle croit que son angoisse était due à la promenade qu'elle a faite. Elle a marché pendant deux heures et croisé beaucoup de gens qui étaient seuls comme elle, aucun ne paraissant se diriger vers un endroit précis. Elle se disait que tous ces êtres humains occupés à marcher au hasard n'étaient que des amas de molécules. Elle aussi, elle n'était qu'un amas de molécules se frayant un passage parmi d'autres amas de molécules. Les gens qu'on voit dans la rue n'inspirent que rarement la pitié.

Elle avait croisé des regards d'hommes qui se croyaient les rois de la rue, prêts à la déshabiller sans lui demander son avis. Nerrévik n'aimait pas que l'image de son corps aille se promener dans les fibres optiques de ces individus qui transportaient avec eux trois millions de spermatozoïdes par gramme de testicule.

Ce n'est qu'au XVIIe siècle que furent découverts les spermatozoïdes. En dehors des heures de cours, un étudiant allemand avait eu l'idée de mettre une goutte de son sperme sous les lentilles d'un microscope. Il ne s'attendait certes pas à un tel grouillement d'animalcules.

Nerrévik aimait savoir ce genre de choses. Chaque soir, elle aimait avoir appris quelque chose qu'elle ne savait pas le matin. Elle était capable de s'arrêter devant les vitrines de tous les magasins. Elle s'exaltait en pensant qu'elle vivait sur une planète dont elle n'aurait jamais le temps de découvrir toutes les merveilles. Parfois, elle était dégoûtée en pensant à tous ces gens agglutinés sur le même astre. Elle avait la nostalgie du lac Athabasca, du Grand Lac des Esclaves, du Grand Lac de l'Ours. Quand les Esquimaux se rencontraient, ils apercevaient leurs traîneaux de très loin et ils manifestaient leur joie en tirant des coups de fusil. Quand ils décidaient de partir en voyage, ils étaient heureux comme tout. Ils partaient sans même savoir s'ils reviendraient. Ils n'y pensaient pas. Le départ les fascinait. Ils n'évoquaient jamais la date de leur retour. C'était une autre vie que sortir de chez soi pour acheter le journal et faire des courses.

Nerrévik pensa à ce qu'elle avait eu le temps de lire dans le journal, à cette petite fille âgée de deux semaines qui venait de mourir dans un hôpital californien et à qui on avait greffé le cœur d'un singe.

Elle croisa une femme qui parlait toute seule à haute voix. Cette femme n'avait pas quarante ans et n'était pas une clocharde. Nerrévik pensa à l'agitation des êtres humains, à leurs enfantillages, à leurs inventions. Il y avait eu des voïvodes et des vizirs, des shoguns et des shériffs. Les hommes avaient tué des rhinocéros en croyant que leurs cornes étaient aphrodisiaques. Maintenant ils cultivaient les légumes sous des tunnels en plastique chauffés à l'air pulsé.

Elle aperçut un arrêt d'autobus et décida de rentrer. L'autobus longea le fleuve. L'eau était grise. Nerrévik regarda les berges qui avaient connu des siècles meilleurs. Voyager en coche d'eau avait dû être plaisant.

Les magasins de la Samaritaine avaient

repris le nom d'une pompe qui alimentait en eau les fontaines du jardin des Tuileries. Une statue représentant la Samaritaine avec le Christ avait été placée au sommet de la pompe. Il n'y avait plus ni pompe dans la Seine ni fontaines dans le jardin.

Nerrévik calcula qu'elle savait depuis six jours qu'elle était enceinte. Cette fois, elle garderait l'enfant.

Était-ce parce qu'elle était enceinte qu'elle se préoccupait de l'origine des noms ? Le mot « requin » venait de *requiem*, le verbe « requinquer » d'une exclamation hollandaise : *klink* !

Elle repensa au cœur greffé de la petite fille qui venait de mourir. Quel temps fait-il en automne en Californie ? Y avait-il des palmiers autour de la clinique ?

Dès que Nerrévik s'était doutée qu'elle était enceinte, elle avait couru acheter un test et la pharmacienne lui avait conseillé le *Réponse Béta*. Il fallait, disait le mode d'emploi, recueillir la première urine du matin. Il était midi moins le quart. Le futur père avait dit :

– On ne va pas attendre demain, on s'en fout, essaie tout de suite, d'ailleurs tu es presque à jeun.

Dans la boîte, ils trouvèrent un portoir, un

réceptacle d'urine, une pochette de diluant.

Au bout de deux heures, ils s'étaient penchés sur le miroir comme s'ils se penchaient sur un berceau. Test positif : vous êtes enceinte. Conseil : consultez votre médecin.

En sortant de chez le gynécologue, Nerrévik était entrée dans un café pour téléphoner :

– Voilà, ça y est!

Les jeunes procréateurs avaient bu du champagne et ils étaient allés voir *James Bond contre Dr. No.*

Quand elle aura son enfant, Nerrévik a décidé qu'elle s'habillera de manière très sexy. C'est joli, dans la rue, une jeune mère avec une jupe moulante et des talons aiguilles, en train de pousser un landau.

Le lendemain, Nerrévik entrait dans une librairie médicale. Elle dut affronter un nombre effarant de manuels, glossaires, abécédaires et répertoires traitant de la grossesse à haut risque, de la stérilité conjugale, de la radiologie mammaire, de la sexologie clinique, de l'échographie en obstétrique. Elle ouvrit un album au hasard et le referma immédiatement, épouvantée par une photo qu'elle avait plutôt devinée que vue.

Elle aurait pu faire comme tout le monde et demander *J'attends le Messie* de Prudence

Péronnelle. Elle préféra chercher un livre dans lequel elle ne comprendrait pas tout, au lieu d'un ouvrage qu'elle comprendrait trop bien et elle acheta un livre écrit par une trentaine de médecins : le chapitre « Spermatogenèse » était signé par un homme, le chapitre « Ovogenèse » par une femme. Un homme signait tout seul le troisième chapitre : « Fécondation. »

(*J'ai dû m'assoupir. Je n'ai pas du tout fait attention. Qu'est-ce qu'il a raconté, notre écrivain? Un tas de bêtises, sans doute, comme d'habitude? Je me suis endormi au moment de la découverte des spermatozoïdes. Je le suppliais de me raconter le moment où ma mère a su qu'elle était enceinte de moi. Pas besoin de remonter au* XVIIe *siècle. Alors, où en sommes-nous? Ma mère est-elle déjà au courant de ma présence?*)

Nerrévik commença de lire le chapitre « Fécondation » dans l'autobus et elle fut surprise d'apprendre que la médecine est mieux renseignée sur ce qui se passe dans l'utérus des lapines, des chèvres, des rates et des truies que chez la femme, mais comme il se passe plus ou moins la même chose partout, ce n'était pas trop grave. L'étude des oursins avait permis aux êtres humains de comprendre ce qu'était la fécondation. Nerrévik se jura de ne plus jamais manger d'oursins : on avale sans le savoir leurs testicules roses ou leurs ovaires orangés.

Les médecins avaient traité le corps de la femme en conquistadores. Ils avaient exploré l'intérieur du corps humain comme s'il s'agissait de franchir le cap de Bonne Espérance ou de découvrir des fjords. Nerrévik lut pour la première fois cinquante termes qui immortalisaient sans doute des batailles, des percées : la membrane de Slavjanski, la couche de Nitabuch, la colonne de Streeter, la poche de Rathke, l'appareil de Golgi, le cul-de-sac de Douglas, les tubercules de Montgomery, l'aqueduc de Sylvius, les trous de Monro, la tétralogie de Fallot, le canal veineux d'Arantius, les cellules de Leydig, et pourquoi pas le canal de Donald Duck et les trous de l'oncle Picsou ?

A la place des médecins, Nerrévik se serait donné plus de mal pour inventer des noms. Elle n'aurait jamais osé donner le sien, pourtant plus agréable à prononcer que celui de la plupart des « inventeurs » de cellules et de canaux. Un nerf qui innerve le bas-ventre, les médecins l'appelaient *le nerf honteux.*

Les botanistes étaient moins bêtes. Ils se

servaient de noms latins et de noms populaires. On dit myosotis, herbe d'amour, ne-m'oubliez-pas. Si elle avait dû baptiser les cavités et les glandes de son corps, Nerrévik aurait dit « le palais de Rosemonde », ou « Trotte, trotte la petite souris », ou « Vertigo », ou « Blanchecygne ».

(*Modestement, je confierai que je n'ai pas attendu cet exposé pour donner un nom propre à chacune de mes mains. Cela leur donne un peu d'indépendance. Elles sont moins obligées de me demander mon avis ou de croire qu'elles font partie de moi. Elles seraient furieuses si je disais le nom que je leur ai donné. Alors je ne le dirai pas. J'ai aussi donné un nom à mon pénis. Lui, il aime bien qu'on parle de lui. Pour faire plaisir à ma mère, je l'ai appelé Caribou.*)

L'expression « anomalie funiculaire » semblait vouloir dire que l'embryon à peine constitué pouvait se tromper de trajet dans les dédales du ventre féminin. Elle aima penser qu'elle avait un petit funiculaire dans le ventre et qu'il y avait eu un passager pour s'en servir. Le livre n'expliquait pas comment l'œuf fécondé se divisait en deux, puis en quatre, douze, vingt cellules, étapes modestes ne laissant pas prévoir les milliers de milliards de cellules qui seraient regroupées sous le nom de « nouveau-né ».

Nerrévik se servit de son ticket d'autobus pour retenir la page où elle avait lu que le génome paternel ne sert à rien pendant les premières divisions de l'œuf. Elle espéra que ni son amant ni elle n'avaient fourni des gamètes de mauvaise qualité, sans quoi la fécondation s'avérerait abortive : le sperme humain, contrairement à celui d'autres mammifères, contient beaucoup de gamètes anormaux ou défectueux, « mal finis », disait poliment le livre.

Elle imagina le premier voyage que faisait tout seul son enfant. Elle pensait : « mon enfant ». Il ne pesait même pas un gramme. Pourquoi vient-il se fixer, s'agripper, se coller à sa mère? Il sait ce qu'il veut : il érode la muqueuse de l'utérus pour s'y enterrer comme on s'enfouit sous des draps, il construit des ponts intercellulaires, il perfore le réseau capillaire à la recherche de quelques globules rouges maternels.

(Et rantanplan tsoin-tsoin! Qu'est-ce qui m'a pris de compter sur cet écrivain? Ce qu'il raconte m'énerve. C'est sans grâce. Il est trop didactique. J'écrirais les mêmes choses avec mille fois plus d'élégance. Ayor! Pauvre petit fœtus blotti dans le ventre de sa maman! Je ne

suis qu'amour et on m'incite à persifler. Ayor-pok!)

Je fabule, se dit Nerrévik. Elle était en train de penser à son bébé comme à un personnage de bande dessinée, avec un piolet, sac au dos, chantant des tyroliennes dont son ventre répercutait l'écho multiple.

Entre le tissu fœtal et le tissu maternel, elle imaginait une complicité comme celle de Don Quichotte et de Sancho Pança ou de Dom Juan et de Sganarelle.

(Monsieur, quel diable de style prenez-vous là? Quoi que puisse dire Aristote et toute la philosophie, il n'est rien d'égal à une mère. Il n'est rien non plus d'égal à un fœtus. Les rapports qu'un fœtus entretient avec sa mère sont aussi incomparables que simples : chacun des deux tend à devenir l'autre.)

Nerrévik ressentit pendant plusieurs jours de telles douleurs qu'elle s'alarma, redoutant une hémorragie sévère : « Voilà, l'œuf a dû s'implanter en dehors de l'utérus, je vais faire une grossesse extra-utérine. » Elle était enceinte depuis deux mois : c'est le moment où la trompe se rompt. L'enfant s'échappe par la brèche.

Elle prit rendez-vous avec son médecin et les douleurs disparurent entre le moment où elle raccrocha le téléphone et celui où elle entra dans la salle d'attente. C'était nerveux. Elle fit quand même des analyses.

Rassurée, elle eut l'impression d'aimer la vie plus fort que jamais. Cet amour ne tenait pas à grand-chose. Il surgissait par à-coups. Elle faisait coïncider l'amour de la vie avec celui qu'elle éprouvait déjà pour son enfant. Elle qui était vite déboussolée par la moindre promenade, elle marcha dans la rue avec plaisir et réussit à mettre en veilleuse ses idées qu'elle savait aussi noires que banales. Son enfant serait un être intact : comment lui évitera-t-elle de souffrir dans le monde auquel elle lui donnera accès, monde où les aspirations généreuses font ricaner?

Dans la salle d'attente, Nerrévik avait pris un livre de poche sur une étagère et elle avait eu le temps de lire l'histoire d'un patient qui avait sublimé sa curiosité au sujet de l'origine des bébés en un intérêt scientifique pour l'état chimique nommé « status nascendi ».

Le gynécologue lui avait expliqué des choses qui l'avaient rendue stupéfaite. Tandis que les hommes produisent des spermatozoïdes à profusion et sans arrêt, la femme ne possède que très peu d'ovules. Il ne s'agit même pas d'ovules mais d'ovocytes, qui sont libérés à la rupture du follicule mûr. Nerrévik avait du mal à retenir tous ces noms. Elle tenait à savoir ce qui se passait à l'intérieur d'elle. Elle eut de la peine à croire que le nombre réduit de ses ovocytes fécondables était déterminé bien avant la naissance : pour la femme, tout commence dès le début de la vie fœtale, au vingtième jour de la vie de l'embryon. Nerrévik mélangeait les mots et confondait allègrement méiose et préméiose. Elle retint que les follicules, qui sont des milliers avant la naissance, dégénèrent pendant l'enfance de la femme et qu'il n'y en aura que cinq cents qui croîtront et mûriront entre la puberté et la ménopause. Douze par an, se dit-elle. Ce n'était pas énorme, en face des centaines de milliards de spermatozoïdes, manufacturés à la six-quatre-deux.

Nerrévik retint surtout que l'enfant qui naîtrait, le fœtus qu'elle abritait en ce moment, serait formé en partie par des cellules qui étaient déjà présentes dans le fœtus qu'elle avait été elle-même.

(Je gage que ma mère a dû être très émue en apprenant cela. Je pleurerais si je savais comment on fait.)

Depuis qu'elle était enceinte, Nerrévik réfléchissait plus volontiers au sens de l'univers. Elle pensait que l'humanité n'en avait plus pour longtemps parce que l'homme du XXe siècle ne supporterait jamais que son espèce puisse évoluer, étant persuadé qu'il n'y aura jamais rien de mieux que lui. Les recherches contemporaines ne tendent pas à faire progresser l'homme mais à le conserver. Le but est d'arrêter l'évolution. « Je comprends, disait-elle, que l'humanité veuille disparaître : c'est une façon d'échapper au jugement de l'Histoire. Les bombes thermonucléaires sont l'équivalent du poison que gardaient sur eux les dignitaires nazis. »

– Tu devrais te faire avorter si tu penses ça du monde qui attend ton bébé, lui avait-on répondu.

– Je suis prête à avorter si je pense qu'un enfant sera malheureux à cause de moi, mais pas en faisant de la science-fiction sur son dos.

(*Tu l'as dit, Nerrévik!*)

Les journaux, à cette époque, consacrèrent beaucoup d'articles à la Nouvelle-Calédonie. Nerrévik aurait voulu y aller, moins pour voir la mer de Corail que pour poser des questions aux Mélanésiens et analyser la vie quotidienne des Français de là-bas. Elle aurait voulu voir de près ce qui se passait dans les villes minières. Elle aurait regardé. Elle aurait écouté.

Son vieux désir de faire du journalisme la reprenait. Elle aimait l'actualité, la hâte. Elle repensait souvent au stage de deux mois qu'elle avait fait dans un journal du Québec. Les bouts de télex découpés circulaient dans les bureaux comme des comprimés d'amphétamines. Pourquoi avait-elle abandonné? A cause d'un homme qui lui avait trouvé, à Paris et près de lui, un contrat de deux ans dans un centre de recherches où elle avait enquêté sur les rapports entre le droit et les événements de la vie quotidienne que la loi méconnaît, ou auxquels le droit est indifférent.

Elle n'avait jamais eu ce qu'on appelle un métier. Le travail qui l'avait le plus intéressée, c'est quand elle avait créé en équipe un test mental sonore. Il s'agissait d'analyser les réactions des gens à divers bruits qu'on leur proposait d'écouter, un équivalent sonore du test de Rorschach. Nerrévik avait enregistré et monté des bruits de portes, des coups de freins, des rires, des plaintes, des sonneries de réveil, des cris d'animaux. Elle avait fait entendre ces bandes magnétiques à des névrosés qu'elle trouvait moins névrosés qu'elle. Ils lui demandaient de leur passer de la musique et elle avait acheté des cassettes de Nat King Cole.

(La barbe avec Nat King Cole! Je connais déjà par cœur les paroles de « Wee Baby Blues ».)

A Montparnasse, Nerrévik retrouva une amie journaliste qui lui dit que son rédacteur en chef cherchait des pigistes. Nerrévik accepta de lui être présentée.

Dans une salle de rédaction oblongue et sans fenêtres, elle rencontra un grand nerveux qui faisait des passing-shots avec ses téléphones. Il lui dit qu'elle tombait à pic et l'envoya assister à une conférence de presse qui avait lieu au deuxième sous-sol de l'Assemblée nationale. Un orateur vint présenter le programme politique de son parti comme si c'était un nouveau modèle de lave-vaisselle.

Elle passa l'après-midi à examiner un livre qu'on lui avait remis en même temps qu'une photocopie du discours. Le livre était intitulé *Libres et responsables.* Il faut lire « irresponsables », se dit-elle, c'est une faute de l'imprimeur. Elle ne fut pas surprise de trouver, sous la plume de gens qui transforment la politique en gagne-pain, des bouts de phrases comme : « Une république libérale et laïque n'a pas, par exemple, à tolérer le tapage nocturne lors du ramadan. »

Elle termina son article dans la nuit. Au journal, ils aimèrent beaucoup la fin. Ils dirent que l'article paraîtrait dans la semaine. Au bout de dix jours, Nerrévik cessa d'acheter chaque matin un journal où elle ne voyait que des articles moins intéressants que le sien qui ne parut jamais.

A sa surprise, le rédacteur en chef ne se gêna pas pour la relancer et lui donner ce qu'il appela une deuxième chance. Nerrévik comprit qu'il la trouvait jolie à regarder. Il lui demanda de se rendre à un débat sur la génétique et la procréation. Il souhaitait égayer les deux pages qu'il consacrerait à ce débat et attendait un « papier d'ambiance, genre choses vues par une femme ». Il y aurait le président de la République. Nerrévik n'était pas certaine d'avoir son permis de séjour en ordre. Ce serait amusant de serrer la main du Président.

Le Président n'était pas venu. Il avait envoyé un message : « Je suis sûr que les réflexions exprimées par vous durant ces deux jours auront un retentissement international. »

(Pourquoi parle-t-il de ratatinement intestinal?)

Nerrévik écouta des hommes et des femmes

que le ministre de la Justice avait présentés comme autant de personnages qui aspiraient tous à assurer le progrès d'une société de plus en plus libre et heureuse. Un philosophe s'adressa en courtisan consommé aux scientifiques. « Les savants se réveillent moralistes », leur dit-il.

Nerrévik ne savait pas si cette réunion était comique ou affligeante. Il y avait un goût de mort dans ces échanges de propos sur la naissance. En peu de phrases, quelqu'un signala que nous ne savons pas du tout pourquoi un homme ou une femme veut naître.

Les organisateurs du débat avaient convié un révérend père et un grand rabbin. Le théologien catholique débusqua dans l'insémination artificielle son ennemie, la branlette, en quelque sorte une ennemie héréditaire. Le rabbin s'appesantit sur l'interdiction de perte volontaire de matière séminale. Pour les autres, l'insémination, non contente de rimer avec masturbation, donnait enfin à cette dernière ses lettres de noblesse. Nerrévik entendit un juriste dire : « Avec le statut de l'œuf fécondé, nous sommes au cœur du sujet. »

(Moi qui ai joué dans des pièces de Shakespeare, faudra-t-il que je joue dans « La Mère

porteuse de chez Maxim's » ? Des supermarchés me permettront d'acheter du sperme et des œufs fécondés avec des dates de péremption imprimées dessus comme sur les pots de yaourt. Dans les épiceries fines, la clientèle se fournira en sperme et œufs emballés par de jolies vendeuses et d'attrayants vendeurs : « Tous nos produits sont garantis fabrication maison. » Méfiez-vous des contrefaçons. Le sperme chevalin fortifie mais ne féconde pas. Des fabricants peu scrupuleux ont mis sur le marché un sperme dépassant la dose légale de 5 % de spermatozoïdes de chimpanzé. Le Comité d'Éthique proteste. Préférez le sperme macrobiotique, le seul sperme recueilli à la main. Il y aura bien sûr des ovules cashères. Le sperme sera millésimé. Conseils donnés par la presse féminine : achetez-le en jéroboam. Une bouteille ouverte se conserve un mois au congélateur. Pour la fête des mères, offrez un mathusalem de sperme brut, contenance huit bouteilles. Une idée originale pour vos cadeaux de mariage : un embryon dissimulé dans un ours en peluche. Ventes aux enchères ! Chez Sotheby's, un éjaculat des années 30 bat tous les records. Le sperme congelé à Shangaï sera le moins cher, mais si original : l'évolution humaine a-t-elle produit quelque chose de plus attendrissant qu'un bébé chinois ?

Chaque jeune ménage se verra remettre, en même temps que le livret de famille, une superbe cocotte-minute dans laquelle se développeront les embryons qu'on pourra acheter à volonté. Ce sera l'avènement de la vie cocotte-minutérine. N'oubliez pas d'enfoncer la touche « Garçon » si vous voulez un garçon. Si la lumière rouge s'allume, vous avez perdu : c'était une fille, elle vient d'être dissoute. Rouvrir la cocotte et introduire un nouvel embryon. Grâce aux micro-ondes, les fœtus sont viables au bout de trois ou six semaines, selon les modèles. Fin des grossesses à haut risque. Ce sera moins déprimant d'être embryon.)

Nerrévik avait acheté plein de fleurs au marché. Elle les disposa dans des vases en regrettant de ne pas avoir un vase assez large qui les contiendrait toutes. Elle arrangea les bouquets dans la cuisine et transporta les vases l'un après l'autre dans la pièce de devant. Elle pensa qu'il devrait toujours y avoir un bouquet de fleurs dans une maison. On peut regarder des fleurs sans se lasser.

Elle n'avait pas envie de savoir si son enfant serait un garçon ou une fille, préférant que le suspense règne jusqu'au bout. L'échographie l'inquiétait par avance. Elle chercha quand même un nom pour penser à son enfant et lui parler. Elle ne pouvait pas lui dire : « Eh! Enfant! », ni « petit! petit! » comme à un chat qu'on voit dans la rue.

(Et si on m'appelait Roudoudou? Ce nom me plaît. Le roudoudou, c'est du caramel qu'on vend dans des boîtes rondes et qu'on lèche. Mon père en a peut-être acheté quand il était enfant. Je suis fluet, je taille petit. Alors, Roudoudou Ouistiti.)

Nerrévik pensa à toutes sortes de noms et n'en retint aucun : « Je ne vais quand même pas l'appeler la Traviata ou bien il Traviato! »

(Plus de Roudoudou? Elle ne m'écoute pas. Pstt! Do you speak English? Pas de réponse. Parlez-moi d'un amour anticipé pour ma future personne!)

Nerrévik finit par se résoudre à...

(Je n'ai même pas fini et on m'interrompt! Qu'est-ce que c'est que ce narrateur? Non mais alors. Je peux continuer? C'est moi, le narrateur. Narrateur ou conteur ou raconteur : nous collectionnons les lapsus et les pataquès. Songecreux, hommes de paille... Sans narration, pas de civilisation. Sans narration, pas de religion. Mais les narrateurs d'aujourd'hui! Je suis là, pauvre petit fœtus, et au lieu de me laisser m'exprimer, un écrivain la ramène avec ses

interventions, toujours à m'interrompre, toujours à faire sa cour à ma mère. A peine je m'endors, il en profite. C'est : « Ma petite Nerrévik, si nous allions ensemble acheter des fleurs au marché? » Des fleurs! Exprès pour me narguer! Il sait que je ne vois rien. A en juger d'après ce spécimen, l'abêtissement et l'abrutissement de l'humanité actuelle semblent prospérer. Comment peut-on s'intéresser à autre chose qu'à dormir? Cela me dépasse.

Tiens, mon chantre ne réagit pas. Il a peur que le bruit de sa machine à écrire ne dérange la petite Nerrévik. Il ne faut pas croire qu'il s'intéresse à moi. Il a été déçu quand il a appris que ma mère était enceinte. Je suis d'accord avec lui : attendons que je sois né et on verra ce qu'on verra. Dès que je disposerai d'un minimum d'intelligence instrumentale, mon premier geste significatif sera d'appuyer sur un bouton qui libérera quelques bombes atomiques. On attend que quelqu'un se dévoue. Ce sera moi. Après, il y aura du silence. Finies, les télévisions. Savoir qu'il y aura la télévision dans les lieux où je vivrai est une raison pour moi de provoquer un avortement thérapeutique. En quelques siècles, on a idiotifié un cerveau que la nature avait mis des dizaines de millions d'années à concevoir. La télé met le point final à l'affaire : crétinisation générale. Des idiots parlent aux idiots. Bon. Je n'ai aucune réserve d'adrénaline, je vais donc rendre la parole à mon scribe. Il est là, avec sa grammaire dans une main et son dictionnaire dans l'autre, comme s'il s'apprêtait à écraser des moustiques. Je n'ai plus les paupières soudées et je l'ai à l'œil. Je le surveille de près. Je parie que, dans cinq minutes, il va se remettre à faire l'intéressant. Rien ne l'arrête. Il n'hésiterait pas à parler de moi en évoquant ma prétendue « prépersonne archaïque »...)

Nerrévik eut brusquement des crampes. Elle redevint calme en quelques secondes et ne comprit pas ce qui venait de se passer. Elle alla dans la salle de bains regarder ses épaules qui lui démangeaient. Elle décida de se changer. Elle enleva son body et enfila une toute petite culotte en soie, brodée sur le devant.

(Encore un coup de notre auteur maison. Monsieur donne dans la scène galante, à présent ? Fragonard ? « Les Hasards heureux de l'escarpolette » ? « La Chemise enlevée » ?)

Cette affaire de prénom la préoccupait. Elle savait que donner à un bébé le nom d'un saint ou d'un proche parent, c'était un choix qui faisait entrer le nouveau-né dans une tradition ou une légende. C'était l'introduire dans un univers imaginaire. Décider de ce prénom à l'avance, c'était peser sur la vie future d'un fœtus qui se débattait encore avec sa prépersonne archaïque.

(Tiens! Qu'est-ce que je disais? Prépersonne archaïque! Il n'en rate pas une.)

Elle feuilleta son agenda mais, précédés de l'épithète « saint » ou « sainte », les prénoms devenaient moins attrayants, ou franchement drôles, comme si certaines personnes avaient été canonisées parce qu'elles avaient eu le courage de porter, leur vie durant, un prénom impossible.

(Je comprends que ma mère demande à réfléchir. Je suis prêt à renoncer à Roudoudou. Ma dernière trouvaille, c'est qu'on m'appelle Jules. Ce prénom est du dernier beau. A-t-on jamais parlé dans le beau style de « Roudoudou »? Roudoudou est un nom de trouble-fête. Tandis que Jules! C'est un prénom sensationnel. Y a-t-il un saint Jules? Je crois que la place est libre. Saint Jules! Ce sera moi. Et j'aurai Jules César de mon côté, le premier bénéficiaire de la césarienne. Les enfants nés par césarienne sont plus affectueux que les autres. Leurs mères les embrassent davantage.)

Nerrévik comprit que les prénoms, transmis par des générations, véhiculent autant d'informations que les structures permanentes des chromosomes. Le message héréditaire n'est pas une exclusivité de l'acide ribonucléique. Le code génétique a l'intérêt de s'appliquer aussi aux animaux, lesquels ne s'inquiètent pas de savoir le nom qu'ils portent, dromadaire ou alouette. Grâce aux transplantations d'embryons, on a vu naître des milliers de veaux. Il est amusant de constater que les êtres humains réclament à leur tour de se reproduire comme des bovins : des veaux! Encore des veaux! Toujours des veaux!

(On rabâche. Je l'ai déjà signalé : crétinisation générale. Pourquoi pas? Bombe atomique! Bombe atomique!

Ayant deux ou trois informations à faire passer, il faut que je me dépêche. Comme par hasard, notre écrivain a retrouvé un numéro de Playboy sous son atlas d'anatomie générale. Dire que c'est ce type-là qui raconte ma vie! « Pour chanter un Auguste, il faut être un Virgile. » Pour chanter un fœtus, mon auteur est débile. Le voici prêt à jeter ma mère dans la somnolence diurne en lui donnant du théralène afin qu'elle ne sache pas qu'il se plonge dans un « eye contact » fructueux avec la playmate du mois. Il n'est pas mauvais que les prostaglan-

dines d'un écrivain, présentes à tous les niveaux du tractus génital mâle, soient mises en branle de façon excessive et inattendue afin de stimuler la vitesse de pénétration de son style. Ce qui m'éloigne de mon sujet : je voulais évoquer la souffrance fœtale chronique.

Ah bon? Je voulais évoquer la souffrance fœtale, moi? Je n'ai rien à dire à ce sujet. Je ne souffre pas. Je suis guilleret. C'est peut-être un signe de stress car l'euphorie, chez le fœtus, est une réponse au stress. C'est un mécanisme prévu pour le jour de la naissance. L'euphorie est sponsorisée par les bêta-endorphines.

Quand je surgirai de ma boîte à surprises, gare! Tous mes organes sont formés. A la naïveté, je substituerai la raison.

Ô ma raison,
Zon, zon, zon,
Zon, zon, zon,
Zon, zon, zon.

A la méfiance, je substituerai la science. A toutes les morales, j'opposerai les sciences naturelles. Mes protéines contre leurs fétiches! Autant commencer tout de suite. Je n'ai plus besoin de mon écrivain. Ouste! Mon système nerveux vaut bien le sien. Qu'il écrive la vie de Charlemagne ou de Pépin le Bossu, celle de Jérôme Bosch s'il veut rester en compagnie de quelqu'un dans mon genre. Autonomie! On tourne la page. Je n'aurais jamais dû permettre à cet écrivain de reprendre la plume. Je pensais en profiter pour dormir mais il a fallu que je le surveille sans arrêt. S'il n'est pas content, il n'a qu'à changer de chapitre et écrire : « Six mois plus tard », bien que six mois plus tard, ça flanquerait son livre par terre. Je présume qu'il ne voudra pas rater la photo-finish de ma naissance. Il se promet sans doute monts et merveilles de son chapitre final. La littérature à son gold point! Avant de naître, je voudrais remercier mon placenta, mon camarade de tous les instants. Je voudrais saluer aussi l'hormone LHRH, à qui je dois tant.

Et mon père! Il doit se morfondre en attendant ma naissance. J'allais l'oublier. Je le salue. Je lui dois mon sexe. Moi aussi, je produirai un jour des spermatozoïdes à partir de spermatogonies mères. J'en produirai deux fois moins que le taureau et six fois moins que le rat, mais j'en produirai. Je salue donc mon père, à qui je dois tant. Je lui dois ma culture générale, le côté français de ma sensibilité... Il est vrai que, pas plus tard que ce matin, j'ai échangé tout ce qu'il m'a appris au sujet de Napoléon contre un bon développement des muscles de mon sphincter anal. Il vaut mieux que je défèque du méconium dans le liquide amniotique plutôt que de m'accrocher à un souvenir comme Waterloo. Sacré Jules! Tout le contraire d'un gros bêta!)

11

Les muscles de mon estomac se contractent. Est-ce parce que je pense de plus en plus souvent à naître? Mon cordon ombilical reste ferme grâce au sang qui le traverse. Je crois que mes parents ont parlé de la date de ma naissance. Ayant du liquide amniotique dans la caisse du tympan, je n'ai pas compris. J'ai amassé des réserves d'hydrates de carbone. Elles sont dans mon foie et je compte vivre sur ces réserves pendant les quelques jours dont ma mère aura besoin pour régler l'allaitement. Comment signaler à ma mère que je me sens prêt? J'estime que je suis un fœtus adulte. Il y a longtemps que ma membrane anale s'est déchirée. Comme tout bébé qui se respecte j'émettrai des selles dès le premier jour. Il y a longtemps que ma glande thyroïde a pris sa place définitive dans le cou. J'ai des boules graisseuses qui m'empêcheront d'aspirer la peau de mes joues quand je devrai téter. Un coussin adipeux recouvre mes voûtes plantaires : il est temps que j'apprenne à marcher.

Dès que je marcherai comme un grand, j'essaierai de découvrir les lois élémentaires universelles qui sont dans la nature. Ce sera plus intéressant que de subir les lois inventées par les hommes. Les hommes de science, aujourd'hui, sont les premiers prophètes de l'histoire à admettre qu'ils ne savent pas tout. Ils ne savent presque rien. Je ne serai pas aussi sentimental qu'eux et je n'exalterai pas la grandeur de l'homme et la beauté des couchers de soleil pour contrebalancer la découverte de quelque horreur. Ces êtres humains m'ahurissent. Quand le soleil se couche, ils disent que le soleil ensanglante le paysage de ses feux. C'est une chose qu'il faudra que je vérifie. Je le ferai quand je saurai marcher. Je m'échapperai de la maison et j'irai voir le soleil se coucher. Je serai tout petit. J'écarquillerai les yeux.

Mes yeux auront-ils la même couleur que ceux de ma mère ? Depuis quinze jours, j'ouvre et je ferme mes yeux à volonté. La membrane pupillaire a disparu. Il paraît qu'un nouveau-né ne voit presque rien. La première fois que j'ai pu rouvrir les yeux après la longue période pendant laquelle mes paupières furent soudées, j'ai eu peur : je me suis vu. Mon visage se reflétait dans le liquide amniotique, reflet sans couleurs qui me faisait face. Le liquide amniotique provient en grande partie du sang de ma mère. J'aurai passé ma vie à en boire. Ce liquide plein de protéines, de graisses, de pigments, d'enzymes et d'hormones, sans compter les cellules des parties mortes de mon épiderme, me sert à présent de miroir.

J'avoue que j'ai mis du temps à comprendre que c'était mon visage que j'apercevais. J'ai tout simplement cru que c'était celui de ma mère. J'ai supposé qu'elle était là depuis des mois, inlassable, solide. Comment ai-je compris que ce n'était pas elle ? D'abord, ce visage ne parlait pas. Et il se tenait trop près du mien pour être celui de ma mère : si elle avait collé à moi de la sorte, front contre front, aurait-elle pu résister si longtemps à la tentation de me manger ? Ce reflet incolore qui venait me tenir compagnie ne pouvait être que le mien, le seul capable de supporter que je me développe et m'épanouisse, le seul qui ne m'obligera jamais à lui dire « bonjour » ou « comment ça va ? ». J'ai pu constater que j'ai la bouche en haut et les yeux en bas du visage. Ce doit être une conséquence du chiasma optique, ce qu'on voit par l'œil gauche allant dans l'hémisphère cérébral droit. Les bâtonnets que j'ai dans les rétines devraient absorber des photons pour que je puisse voir plus clair. Un manque de vitamines A m'empêche-t-il de voir au-delà de mon reflet? Si je n'avais pas renoncé à tant de souvenirs, je pourrais discerner des chaînes de montagne, des fleuves et leurs embouchures, des falaises de glace. Je suis trop vieux. La magie s'en va. J'ouvre les yeux et c'est moi que je vois, adipeux, rose et recouvert d'un vernis huileux.

Je n'ai pas encore aperçu mon sexe, organe destiné à engendrer des métaphores plutôt que des embryons. Les hommes aiment comparer leur sexe à autre chose. Par exemple, les conclusions que je tire du comportement de mon père, c'est qu'il manœuvre son camion Krupp Titan, qu'il vide son pistolet à eau, qu'il promène le jet lumineux de sa torche électrique dans le trou noir de l'organisme féminin.

Ce matin, ma mère a été réveillée par le téléphone. Une voix d'homme lui a dit : « Vous voulez entendre parler de bite? » Elle a répondu : « Dès le matin, non merci. » Elle aurait dû raccrocher sans dire un mot. Ensuite elle a pris un bain avec moi. C'est déjà si difficile de doser l'eau chaude et l'eau froide : comment la vie a-t-elle pu se manifester sur terre à partir d'un mélange d'ammoniac, d'hydrogène et d'azote? Des gens ont dit que la vie est une tombola. Comme je ne sais pas ce qu'est une tombola, cette définition ne me dit rien. Une chose n'est que ce qu'elle est, et rien d'autre. Il faudra toujours le répéter : une chose n'est que ce qu'elle est, et rien d'autre. Étant sur le point de naître, je peux dire : la vie n'est que ce qu'elle est, et rien d'autre. J'aime la vie, ce qui ne m'oblige pas à aimer la vie que j'aurai. Je trouve amusant d'avoir ce rendez-vous avec la vie, même si je sais, ou devrais savoir, ou me rendrai compte un jour ou l'autre, que n'importe quel rendez-vous s'avère tôt ou tard décevant. Ce n'est pas une raison pour les éviter. N'avoir aucun rendez-vous est encore pire. Autant être mort-né. Je voudrais connaître à l'avance tous les rendez-vous que j'aurai. Vaudront-ils le seul dont je sois sûr, celui qui est déjà fixé entre ma mère et moi? Si ma théorie des rendez-vous décevants est juste, le premier rendez-vous sera-t-il aussi le plus décevant?

Il est vrai qu'entre-temps j'aurai changé. Je serai devenu un nourrisson. Je ferai semblant d'avoir perdu tous mes moyens. Être un nouveau-né, c'est déjà s'insérer dans le tissu intra-culturel, n'est-ce pas? Marquage social et effets intergroupes. Mes parents consulteront les ouvrages du maître de la psychologie de l'enfant, celui qui a publié en 1912 un « Supplément au catalogue des mollusques du canton de Neuchâtel », en 1917 une « Note sur quelques mollusques de la vallée du Doubs » et en 1923 : « Le langage et la pensée chez l'enfant. » On me mangera de caresses et on m'assourdira de mots tendres. On me coupera les ongles. Dans ces conditions, je me demande s'il n'est pas préférable de rester fœtus. On a comparé le fœtus à un sherpa au sommet de l'Everest, à un astronaute dans sa navette. Ces comparaisons sont des attrape-nigauds : on vous porte aux nues mais tout fini dans un berceau.

Jadis j'ai rêvé des contractions de l'univers. J'ai été moi-même l'univers. J'ai explosé. Je fus transformé en myriades de particules. Je me suis refroidi, je devins une planète, un bout de planète, l'habitant d'une planète. Je fus enfin un zygote. Zygote ici, zigoto là! Un utérus à l'état de vacuité se modifia pour m'accueillir. Pendant trente semaines, cet utérus resta calme. La fréquence et l'intensité des contractions augmentent depuis peu. Des protéines, des hormones et des phénomènes électriques vont concourir à m'expulser. Bientôt, on ne m'appellera plus fœtus mais « mobile fœtal » et je m'aventurerai dans la filière pelvi-génitale. Ma mère accouchera-t-elle debout? Son médecin conseille le décubitus latéral gauche.

Est-ce que je regretterai mon environnement liquidien? La réponse est non. On est à l'étroit, ici. Je commence à me sentir comme un poisson des grands fonds qu'on a relégué dans un aquarium. Il faut naître. A quoi bon attendre? Ma peau est rose, mes testicules descendent, mes structures digestives sont en place depuis trois ou quatre mois. Ce qui me retient, c'est que je ne suis pas adapté au froid. Est-ce que quelqu'un pensera à me sécher dès que je serai né?

Heureusement, mon système nerveux est solide. Je ne tiens pas à attendre encore un mois. S'il le faut, je patienterai. Mes nerfs ne se laissent ébranler par aucune manifestation pathogène. Ils me protègent. Ils m'aideront à affronter la transformation du kininogène pulmonaire en bradykinine vasodilatatrice. J'ai trop tendance à confondre acidose fœtale et acidose fatale. Il ne faudrait pas qu'il m'arrive la blague du déclenchement prématuré de la respiration avant d'être né. On a vu des fœtus trop pressés se tromper de jour et d'heure. Ils commençaient à respirer comme s'ils étaient au bord de la mer et s'étouffaient avant de naître. C'est angoissant pour moi qui sais que les fœtus mâles disparaissent plus facilement que les femelles. Il naît à peu près cent dix garçons pour cent filles mais ce chiffre masque la réalité : les embryons mâles sont moins résistants que les femelles. C'est une simple question de « sex ratio » pour les spécialistes d'immunologie, mais quel cauchemar pour les fœtus : qui n'est pas né, n'est pas sûr de naître.

DERNIER CHAPITRE

Quelle angoisse! Et si j'étais un enfant adopté? Mes parents vont-ils attendre que j'aie dix-huit ans pour me le dire? Ont-ils pris des photos de ma mère soi-disant enceinte avec un coussin sous sa robe? J'espère au moins que je n'ai pas grandi dans le ventre d'une mère porteuse. Ma mère a lu un article où une femme plaidait pour les couples stériles auxquels les médecins refusent le droit de payer une mère porteuse. L'avocate de ces couples était une mère de famille, ayant connu le plaisir de la grossesse. Elle prenait la défense des couples stériles en déclarant : « Moi, ça me fait mal au ventre, pour eux. » Pour eux! Avec Maman, on a bien ri.

Les mères porteuses vont se démoder comme les lanciers du Bengale. La prochaine génération, c'est moi. Nous n'attacherons aucune importance à ces questions. Nous nous dépêcherons de trouver d'autres valeurs que le simple fait d'être en vie. Nous refuserons d'être infantiles. Nous nous débrouillerons pour qu'il soit de plus en plus difficile de se plaindre du « dénuement absolu de l'adulte occidental en matière d'idéal ». Nous inventerons autre chose que l'école, qui tombe en ruine. C'est dépassé, l'école : c'est comme si on continuait de naviguer en se servant des cartes marines du XVe siècle.

L'avenir de la planète est dans les mains des fœtus. Nos mains ont des ongles, et avec ces ongles nous ne pouvons que nous griffer les joues et les paupières. Un jour, si rien ne freine ou n'arrête l'évolution, les fœtus n'abandonneront pas leurs idées au moment de naître et ils gagneront un temps précieux. Il va falloir faire vite. Le culte actuel de la vitesse n'est qu'une caricature, un maquillage. Les gens font semblant d'aller vite pour cacher que rien ne bouge.

A des gens comme moi, futur *homo sapiens* adulte, il reste vingt ans pour tout sauver. Il va falloir se dépêcher de trouver des occupations qui différeront du tout au tout de ce que les adultes actuels entendent par « travail ». Sinon, c'est la mort. Je veux bien qu'il y ait des morts, après tout. Mourir, ce n'est rien. C'est survivre qui sera pénible.

Ces pensées sont trop fortes pour moi. J'y renonce. Ce n'est pas de mon âge. Dans quelques jours, je n'aurai plus qu'une chose à dire : « *Areu, areu...* »

J'occupe mon esprit comme je peux pendant que mes mains s'activent sur mon métier à pailleter. J'accroche, une à une, les milliers de paillettes qui orneront mon costume de clown quand je ferai mon entrée sur la piste. Les projecteurs seront allumés. Je brillerai, je scintillerai, je ferai rire tout le monde. On me fera naître comme si on procédait devant témoins à l'ouverture d'un coffre-fort. La porte coulisse. Qu'est-ce qui brille si fort? Moi! Ils seront là avec leur ouvre-boîte. Je dirai : « Non, merci Messieurs! Pas de forceps. » J'arriverai sur ma luge. Zigzags. Sinusoïdes. Elégance. Ils seront surpris. Je leur ferai un discours. Ils se poseront six questions à mon sujet :

1. Qui parle?
2. Pour dire quoi?
3. A qui?
4. Comment?
5. Dans quel but?
6. Avec quel résultat?

Tout de suite, je serrerai la main à l'inexorable solitude de l'être humain. Ma mère alimentera mon narcissisme : elle me donnera le sein. Je me blottirai contre elle. Si les gens me posent trop de questions, je leur clouerai le bec en leur demandant quelle différence y a-t-il entre un caïman et un alligator? Entre un liseron et un volubilis? Entre une luciole et un ver luisant? Entre un aigle royal et un aigle impérial? Je ne sais pas les réponses, je ne sais même pas quelle différence il y a entre une mère et son fils. Et quelle différence y a-t-il entre le sommeil réparateur et le sommeil de luxe?

J'aurai beaucoup de charme et je sais déjà ce que je demanderai pour mon anniversaire : qu'on m'offre un ornithorynque.

Comme métier, je pense être donneur de sperme. S'il n'y a pas de générosité, la vie ne vaut pas la peine d'être vécue. Donneur de sperme, ce n'est pas une idée qui serait venue à mon père. Je donnerai mon sperme à ma mère :

A qui donn'rais-je ces sornettes
Et ces mignardes chansonnettes?

Elle me fera des risettes et des branlettes dont *je seray tant aise que je me cuydé conchier de joye* (tu l'as dit, Rabelais). Nourrisson hypersensible, je compte sombrer dans le sommeil et ma mère dit que « sombrer » vient de l'espagnol *zozobrar*. Zozobrar, ce serait bien pour mon nom de clown. Les clowns le disent tous : « Clown c'est un bon métier et si on sait le faire, on gagne autant qu'un employé. »

Je suis content d'être l'aîné. Je n'aurai pas à finir les chaussures d'un grand frère. J'espère rester enfant unique. Ce sera toujours moi qui monterai devant en voiture quand on fera des voyages. Mon rêve, c'est d'être n'importe qui, de vivre n'importe comment, d'aller n'importe où. J'oscillerai de l'indifférence surprenante à l'implication excessive. Comme vous voyez, je me suis constitué un petit vocabulaire. Je pourrais même parler de la hiérarchisation de mes souvenirs. Vocabulaire superfin, non? C'est la moindre des choses, pour quelqu'un qui s'apprête à pénétrer dans un siècle qui a inventé la superforteresse, le supercarburant, le superciment, le supermarché, le superpréfet. J'ajoute : le superfœtus.

Naître ou ne pas naître? Je me pose la question. Ici, je jouis d'un climat méditerranéen. Dehors, à la radio, on annonce un temps pluvieux. Ma mère écoute trop la radio. Ce matin, par exemple, radio comme d'habitude, qu'est-ce que j'entends? « Bonjour, il est sept heures dix, voici notre émission *Réveille-Matin* », et ils s'empressent de passer une musique endormante.

D'autre part, j'ai assez envie de naître. Si on n'a pas sept cents grammes, les pédiatres s'accordent pour ne pas tenter de réanimation. Mais je pèse au moins le triple, peut-être beaucoup plus. Ma mère ne se vexerait pas si je la quittais. Je lui fais savoir tous les jours que je suis son adulateur. J'ai rédigé pour elle une petite pièce, une comédie-mascarade. Vous voulez bien que je la lise?

Voilà que je me prends pour un acteur de théâtre, voilà que je m'exprime comme si j'étais déjà sur scène alors que je suis toujours dans les coulisses, que dis-je : je suis confiné dans une loge, je suis en train de me maquiller.

Je vais naître d'ici peu. Je n'ai plus qu'à attendre la rupture de la poche des eaux. Je me sens calme et résolu. Ma mère vient de dire à la sienne, arrivée à Paris pour la circonstance : « C'est pour bientôt. » Je crois que ma mère n'a jamais vu un nouveau-né de sa vie. J'espère qu'elle sait que je ne ressemblerai pas à un ours en peluche. Je ne suis pas un jouet. Je ne serai pas un petit baigneur en celluloïd. Les jouets en celluloïd sont interdits : ils s'enflamment trop facilement.

Je suis destiné à être un homme du XXIe siècle. Ce siècle commencera avec une légère avance puisqu'il va commencer avec moi. Ce sera le plus « pochette surprise » de tous les siècles. Les siècles précédents n'auront servi qu'à préparer celui-là. Je vous assure qu'on va s'amuser. Ce sera la seule façon de s'en sortir. Il s'agira d'être drôle, sinon c'est cuit. Bien sûr qu'il y aura des guerres, les plus belles guerres de l'histoire, retransmises dans le monde entier en direct et en relief, avec le vrai son, car l'avenir c'est le son, mais ces guerres feront moins de morts qu'on croit. La mort, c'était l'apanage du XXe siècle. Les fœtus actuels ne sont pas si bornés. L'ordre maçonnique des fœtus est un ordre qui favorise une humanité fraternellement organisée.

Cet idéal maçonnique pourrait être taxé d'optimisme béat. N'étant pas un militant, je serai sans doute le premier à y renoncer. Par exemple, je suis sûr que j'aurai du mal à être respectueux de toutes les croyances relatives à l'éternité ou la non-éternité de la vie spirituelle. Le XXIe siècle prouvera que l'éternité n'existe pas. Ce sera du joli. Pourquoi l'évolution n'a-t-elle pas fait davantage confiance aux fœtus? Si l'évolution nous avait fait confiance et ne nous obligeait pas à naître en oubliant tout, nous aurions évité à l'espèce humaine bien des bêtises, lesquelles, j'en conviens, font le charme de ladite espèce.

Il ne faudra pas que j'oublie, le moment venu, de m'engager dans le bassin. J'ai un crâne énorme. Comment vais-je faire? Qui vivra verra. Funiculi! Funicula! Je vais rédiger un testament.

Plus personne ne s'intéresse à moi. J'ai l'impression d'être un vieux qui radote. Je me sens abandonné. On ne me téléphone plus. Il n'y en a que pour ce nouveau-né qu'on attend. Il n'est question que de berceau, d'allaitement, de layette. C'est le déclin. Je m'ennuie. Il faut que je sorte d'ici. C'est trop déprimant. Je n'ai rien à faire. J'ai eu envie de dire quelles étaient mes dernières volontés mais je n'ai plus qu'une volonté, celle de m'en aller. Je ne me plains pas. J'ai mené une vie brillante. Qu'est-ce qui m'attend, désormais? Une dépression néonatale sévère? L'acidose respiratoire? L'asphyxie?

Ma mère et ma grand-mère ont parlé des Esquimaux. Ma grand-mère a fait un long voyage. Elle a dormi dans une chambre de l'Arctic Hotel, j'ai déjà oublié où. Elle a offert à ma mère un disque de chants esquimaux. Que viennent faire tous ces Esquimaux dans la conversation ? Je n'en ai pas la moindre idée. Ces chants auront peut-être été ma dernière joie avant de naître. Il n'y a pas de paroles. On dirait que les lèvres des chanteurs ne remuent pas. C'est chanté avec la gorge. Je voudrais naître en chantant comme un Esquimau : avec une gaieté communicative.

Si je nais en chantant comme un Esquimau, ma mère croira que je suis atteint du syndrome du cri du chat. Parce qu'ils ont perdu un bout de chromosome, il y a des fœtus qui naissent en miaulant. Je serai vite fixé.

Cette naissance finit par m'énerver. Ma qualité principale, c'est l'imprévoyance. On aura beau me faire peur avec un cathéter obstétrical, je naîtrai, un point c'est tout. On voudra déclencher des contractions. Je n'en ferai qu'à ma tête. Je leur réserve des réponses métaboliques qui les surprendront. Même si le cordon est compressé, je serai de bonne humeur. On m'attendra avec un laryngoscope et on voudra peut-être m'intuber. On infligera à ma mère des injections d'antibiotiques. Mon débit cardiaque diminuera. L'oxygénation de mon cerveau sera menacée. Je réagirai en n'envoyant plus de sang dans mon foie. Je chanterai à tue-tête.

Ils disent tous que la naissance ressemble à une agression. J'ai entendu parler de souffrance fœtale aiguë. Je m'en moque :

Joie est mon caractère,
C'est la faute à Voltaire,
Désir est mon trousseau,
C'est la faute à Rousseau.

Les hormones circulantes seront mes alliées. Tout mon thorax sera pressé comme un vulgaire citron. (J'allais me vanter, j'allais mettre : « comme un pamplemousse ».) Mes poumons se videront de leur liquide. Je serai déboussolé. Je serai en train de naître. J'avalerai passivement une première goulée d'air. Je n'aurai plus besoin du placenta. Je serai quelqu'un de flambant neuf. Je serai né. L'aération pulmonaire doit faire un drôle d'effet. Est-ce brutal ? Je parie que non. Ce doit être une sensation forte, comme à la foire. Je ne sais pas si les nouveau-nés ont la permission de chanter, j'espère que oui. Dès que je serai étendu sur le ventre de ma mère, je chanterai de bon cœur :

Je souris à la Terre,
C'est la faute à Voltaire,

J'aperçois mon berceau,
C'est la faute à...

Pourvu qu'on ne veuille pas m'extraire à l'aide d'une ventouse! J'aurais une bosse pleine de sang sur le cuir chevelu. Ma mère ne m'aimera pas. Est-ce que c'est elle qui introduira un doigt dans mon anus pour voir s'il est ouvert? Je ne veux pas qu'elle laisse faire cela par l'infirmière. Même si ma mère me trouve laid, je me débrouillerai pour qu'elle me trouve beau. Après tout, quand on aime quelqu'un, on doit être capable de changer d'avis à cause de lui. J'influencerai ma mère. Il est de la plus haute importance que son petit Jules la fascine dès le début. Car ce seront mes débuts, n'est-ce pas, comme ceux d'un acteur : *introducing Jules* – ce qui nous ramène à la comédie-mascarade que j'évoquais tout à l'heure. Je vais la lire, au lieu de vous assommer avec mon testament. Ne vous attendez pas à *Hamlet*. Je ne suis qu'un petit fœtus et ce qui va suivre n'est qu'un canevas :

ARGUMENT

Comme il n'y a rien au monde qui soit si commun que la naissance, et que c'est une chose sur laquelle les hommes ordinaires se tournent le plus en peureux et poltrons, il n'est pas étonnant que ce soit toujours le point de départ de la plupart des drames.

ACTE PREMIER

Scène première : Un fœtus demande conseil au Seigneur Polichinelle s'il doit naître ou non. Cet ami lui dit franchement que la naissance n'est guère le fait d'un fœtus de huit mois, mais le fœtus répond qu'il est résolu à la naissance, et Polichinelle, voyant cette extravagance de demander conseil après une résolution prise, lui conseille hautement de naître, et le quitte en riant.

LE FŒTUS : Promettez-moi donc, Seigneur Polichinelle, de me parler avec toute sorte de franchise.

POLICHINELLE : Je vous le promets. Dites-moi seulement votre affaire.

LE FŒTUS : C'est que je veux savoir de vous si je ferai bien de naître.

POLICHINELLE : Qui, vous?

LE FŒTUS : Oui, moi-même en ma propre personne. Quel est votre avis là-dessus?

POLICHINELLE : Je vous dirai franchement et

en ami, comme vous m'avez fait promettre de vous parler, que la naissance n'est guère votre fait. C'est une chose à laquelle il faut que les fœtus pensent bien mûrement avant que de la faire, mais ceux de votre âge n'y doivent point penser du tout. Et si l'on dit que la plus grande de toutes les folies est celle de naître, je ne vois rien de plus mal à propos que de la faire, cette folie, dans la saison où votre corps se doit de devenir rondelet et potelé. Enfin, je vous en dis nettement ma pensée. Je ne vous conseille point de songer à la naissance, et je vous trouverais le plus ridicule du monde, si, ayant été libre jusqu'à cette heure, vous alliez vous mêler maintenant de naître et de vous charger de la plus pesante des chaînes, la vie humaine.

LE FŒTUS : Et moi je vous dis que je suis résolu à naître.

Scène deuxième : La mère du fœtus intervient, qui lui dit qu'elle est ravie qu'il naisse pour pouvoir sortir promptement de la sujétion de cette grossesse, et là-dessus elle lui conte la manière dont elle prétend vivre avec lui, qui sera proprement la naïve peinture d'une mère anxieuse et dominatrice. Le fœtus reste seul, assez étonné; il se plaint, après ce discours, d'un torticolis peut-être congénital et, se mettant dans un coin du placenta pour dormir, il voit en songe une femme qui lui chante ce récit :

LA FEMME :

Si la vie vous soumet à ses lois inhumaines,
Choisissez en naissant un futur plein d'appas;
Portez, au moins, de belles chaînes,
Mais puisqu'il faut naître, naissez donc de ce pas.

Si vos mille désirs ne méritent vos peines,
Dans ce col utérin ne vous engagez pas;
Portez, au moins, etc.

ACTE SECOND

Scène première : Le Seigneur Polichinelle éveille le fœtus, qui lui veut conter le songe qu'il vient de faire, mais il lui répond qu'il n'entend rien aux songes et que, sur le sujet de la naissance et de la vie, le fœtus pourra consulter deux savants, dont l'un est néo-darwinien et l'autre un soi-disant psychanalyste.

Scène deuxième : Le fœtus est étourdi par les deux savants et là-dessus arrive un magicien.

LE MAGICIEN :

Holà!
Qui va là?
Dis-moi vite quel souci
Te peut amener ici.

LE FŒTUS : Naissance.

LE MAGICIEN :

Ce sont de grands mystères
Que ces sortes d'affaires.

Le fœtus finit par comprendre qu'il ne faut compter que sur ses propres forces. Et, dans un charivari burlesque, tombe le rideau...

(Entre nous : est-ce que ça vous a plu? A votre avis, est-ce que cette petite pièce de théâtre plaira à ma mère? Si je l'ai écrite, c'est pour elle. Dire que je vais la rencontrer d'un moment à l'autre! J'en ai la chair de poule. Il y a trente-huit semaines que j'ai été conçu. Que vais-je dire à ma mère pour commencer?

Je serai gêné par ma langue que je trouve si encombrante à l'intérieur de ma bouche. Combien de temps faudra-t-il pour qu'une partie de cette langue recule dans mon cou ?)

Je n'aurai pas le plaisir de vous faire vivre en direct ma descente dans la filière génitale. Ce sera comme dans les avions : défense de parler au pilote. Tout est prêt, colonne vertébrale, fesses, mandibules, dents de lait, crâne, cuisses, testicules, omoplates et cœur. Les amygdales, on verra plus tard. Je suis surexcité. J'ai beau savoir que je ne suis pas le premier à qui ça arrive, quand même, naître, c'est sensationnel.

Avant de devenir un nouveau-né à terme, j'ai encore plein de choses à vérifier. Muscles du sphincter anal ? Membranes du tympan ? Contenance de l'estomac ? Fléchissement des genoux ? Côtes ? Diaphragme ? Paré pour la respiration ?

Je n'ai pas du tout peur. On a voulu me faire croire que la naissance est un cauchemar. C'est plutôt le contraire. Je viens de faire mes valises et je pars pour la vie comme on part en vacances.

Nerrévik LADOUCEUR *et Richard* AUREL
ont la joie de vous faire part
de la naissance de leur fils
JULES

DU MÊME AUTEUR

Aux Éditions Gallimard

LE PITRE

MACAIRE LE COPTE

LE RADEAU DE LA MÉDUSE

Dans la collection Folio :

MACAIRE LE COPTE (N° 1543)

LE RADEAU DE LA MÉDUSE (N° 1772)

FRANÇAISES, FRANÇAIS (N° 1864)

Composé par la Société Nouvelle Firmin-Didot
à Mesnil-sur-l'Estrée
et achevé d'imprimer par
l'imprimerie Brodard et Taupin
à La Flèche (Sarthe),
le 6 février 1989.
Dépôt légal : février 1989.
1er dépôt légal dans la même collection : septembre 1988.
Numéro d'imprimeur : 6366A-5.

ISBN 2-07-038075-0 / Imprimé en France.

45729